Isagi Yoichi

이사기 요이치

스트라이커라는 생물

축구라는 세계에서 일류 골키퍼나 수비수, 미드필더는 육성이 가능하지만 스트라이커만은 그럴 수 없다.

일류 스트라이커라는 생물은 그 순간, 가장 축구의 열기가 뜨거운 곳에 갑작스레 나타난다….

원작 | 카네시로 무네유키

소설 | 모에기 모모

소설

블루 록

BLUELOCK

싸우기 전, 우리는.

이사기 · 나기 · 바치라

CONTENTS

이사기 요이치

Isagi Yoichi

생일	4월 1일
별자리	양자리
키	175cm
혈액형	B형
출신	사이타마현

전형

컵 야키소바는 싫지 않다.

오히려 좋아한다.

무난하게 맛있다고 본다.

하지만 삼시 세끼를 컵 야키소바로 때우는 건 좀?

일본 축구 연합 직원 테이에리 안리(帝襟アンリ)는 눈살을 찌푸렸다.

책상 위에는 다 먹은 컵 야키소바 그릇이 쌓여 있고 바닥의 비닐봉지에도 컵 야키소바가 들었는데, 그것도 모자라 현재 진행형으로 컵 야키소바를 후루룩거리고 있다.

'블루 록'의 코치, 에고 진파치(絵心甚八).

입은 우물거리고 있으나 안경 아래에서 희번덕거리는 눈은 모니터에 고정돼 있었다.

그는 안리가 초빙한 코치다.

안리가 일본 축구를 월드컵 우승으로 이끌기 위해 고용한 핵심 인물이자, '블루 록'이라는 터무니없는 프로젝트를 고안한 장본인.

엄청난 괴짜… 아니, 지금까지의 상식으로는 이해할 수 없는 인물이라는 건 알고 있었다.

하지만 이 정도로 컵라면을 끼고 사는 줄은 몰랐다.

몸을 버리지나 않을지 조금 걱정이 된다.

"그럼 다음 전형 영상입니다."

컵 야키소바에서 시선을 뗀 안리가 리모컨으로 화면을 조작했다.

'블루 록'의 모니터 룸.

한쪽 벽면 전체가 수많은 디스플레이로 꽉 찬 데다, 막대한 데이터를 관리하기 위한 컴퓨터가 줄지어 놓여 있었다.

화면에는 전국 고교 축구 선수권 대회 사이타마현 대회 예선, 그 1차전의 하이라이트 영상이 흐르고 있다.

카메라는 11번 선수를 쫓고 있다. 시합 막바지, 11번이 완벽한 라스트 패스를 보내고 아군이 골을 넣었다.

11번이 슛을 넣은 동료와 뜨겁게 얼싸안는 장면에서 안리는 영상을 멈췄다.

"이 아이는… 스트라이커로서는 안 되겠네요. 다음 전형으로 넘어갑니다."

스트라이커로서는 안 된다.

에고와 안리는 앞으로 세계 최고의 스트라이커를 만들어 내는 실험을 할 것이다.

재능의 원석인 18세 이하의 스트라이커 300명이 공동생활을 거치며, 에고가 고안한 특수한 톱 트레이닝을 받는다. 그것이 바로 '블루 록'이었다.

'블루 록' 서바이벌에서 계속 이겨 299명을 떨어뜨리고 최후에 남는 한 명만이 세계 최고의 스트라이커가 될 수 있다.

그렇기에 가까운 팀 동료에게 바로 패스하는 스타일의 선수는 조금 맞지 않는다.

원하는 것은 이렇게 타인을 생각하는 물렁물렁한 플레이가 아니다.

"잠깐, 안리. 이건 흥미로운 소재야."

컵 야키소바를 다 먹어 치운 에고가 몸을 쑥 내밀었다. 빨려 들 기세로 화면을 바라본다.

"이 녀석 영상을 전부 보여 줘. 이름은?"

안리는 황급히 데이터를 확인했다. 이치난(一難) 고등학교 축구부 11번은….

"…이사기 요이치(潔世一) 군입니다."

이사기 요이치의 시합 영상을 몇 개 틀었지만, 그는 철저히 조직적인 플레이 스타일을 갖고 있었다.

패스로 공격의 효율을 높이며 마크되지 않은 선수에게 라스트 패스.

'으음~ 확실히 눈에 띄게 실력은 있는데, 그것뿐이네.'

혁명적인 스트라이커들은 다들 희대의 에고이스트다.

자신의 골을 무엇보다도 기뻐하며 그 순간만을 위해 살아간다.

필드 위의 주인공.

자신 외에는 모두 보조역.

그런 세계 최고의 에고이스트가 아니면, 세계 최고의 스트라이커가 될 수 없다…!

그것이 에고의 생각이었다.

'블루 록'에 소집할 스트라이커 300명은 에고의 독단과 편견으로 선출하지만, 안리 또한 알고 있었다.

'이사기 요이치… 이 아이는 논외야.'

"응. 좋은걸, 이사기 요이치. 안리, 이 녀석 소집해."

말도 안 돼.

"네…!"

안리는 당황하면서도 서둘러 이사기 요이치의 데이터에 '소집'이라고 체크했다.

울보 욧짱

"에베베베! 욧짱~♡ 아빠란다♡ 새 장난감이야~♡"

하늘색 딸랑이를 흔들자 아기 이사기의 얼굴이 갑자기 일그러졌다.

"훌쩍, 으아아앙~"

"어라…?"

좋아할 거라 생각해 사 온 장난감을 보고 오히려 울다니, 맥이 빠지네.

"당신도 참. 욧짱은 큰 소리를 무서워해. 욧짱, 엄마란다~자, 여기 곰돌이 인형이 있네~♡"

귀여운 인형을 아기 이사기의 코앞에 바싹 들이댄다.

“으아아아아앙!!”

울음소리가 더 커졌다.

“…어머나, 곰돌이도 무섭니?”

언행이 부드럽고 너그러운 아빠, 잇세이(一生).

느긋한 성격에 사근사근한 엄마, 이요(伊世).

이 온화한 부부 사이에서 태어난 이사기 요이치는 타고난 ‘겁쟁이’였다.

주전자 물이 끓는 소리, 산책 중인 개, 매미의 허물… 대상이 무엇이든 자지러지며 울음을 터뜨린다.

낯선 사람이 있으면 바로 엄마 뒤에 숨어 버리기 때문에 친구도 만들지 못했고, 유치원에 보낼 때도 칭얼거려서 애를 먹었다.

세 살이 된 해 여름에는 그 겁쟁이 기질 때문에 이런 사건까지 있었다.

거실에서 놀던 이사기가 갑자기 아무것도 없는 허공을 보고 울음을 터뜨린 것이다.

“무서워~! 으아아아앙!”

오열하는 이사기를 이요가 서둘러 품에 안고 달랬다.

"왜 그러니? 뭐가 무서운데?"

이사기가 울면서 필사적으로 허공을 가리켰다.

하지만 이요가 아무리 살펴도 그곳에는 아무것도 없었다. 흰 벽이 있을 뿐이다.

"옷짱, 대체 뭐가 있다고 그러니…?"

이요는 그다음 말을 듣고 몸서리를 쳤다.

"엄마는 저게 안 보여?!"

한층 더 요란하게 우는 아들을 안고 달래는 이요의 등골이 서늘해졌다.

이 아이, 남들이 못 보는 걸 보고 있나…?

이사기는 아무것도 없는 곳을 가리키며 빈번히 울음을 터뜨렸다.

부엌 구석, 침실 창문, 벽장 속….

이 집에는 이사기만 볼 수 있는 뭔가가 있다.

설마, 유령…?

액막이라도 하는 게 나을지 부부가 진지하게 얘기하는 도중, 또 이사기의 울음보가 터졌다.

"으아앙! 나왔어! 무서워~!"

나왔어…! 뭐가?!

이사기를 안아 주면서 잇세이와 이요도 덜덜 떨었다.

그때. 잇세이의 귓가에 그 소리가 들려왔다.

여름 특유의 불쾌한 소리와 눈앞을 빠르게 스쳐 지나가는 그것. 퍼뜩 고개를 든다.

비로소 이사기가 보는 것을 잇세이도 포착했다.

"알았다, 여보…! 이 아이는 모기가 무서운 거야!"

이사기는 평범한 사람은 육안으로 볼 수 없는 거리에서 모기를 발견한 것이었다.

그렇게, 모기 퇴치 스프레이를 뿌리는 것으로 이사기 가의 심령 현상은 마무리되었다.

또 이런 일도 있었다.

공원에서 놀다가 가끔 머리를 누르며 울음을 터뜨린다.

"머리가 아프니?"

"아니야~! 으아아아앙!"

하늘을 보고 우는 걸 보니 나무 열매라도 떨어진 건가? 아니면 누군가가 던진 돌에 맞은 건가? 합심해서 두리번거리며 살폈지만 아무것도 없었다.

하는 수 없이 보채는 이사기를 안고 집으로 향했다.

그렇게 돌아올 때면 반드시 비가 쏟아졌다.

처음에는 우연인 줄 알았지만, 같은 일이 계속 반복되자 이요는 그제야 깨달았다.

"욧짱은… 비가 무서운 거야!"

공기 냄새, 습한 바람, 구름의 흐름.

하늘의 변화를 보고 비가 온다는 걸 민감하게 감지한 것이다.

이사기가 겁쟁이인 이유는 시야가 넓고 공간 지각 능력이 뛰어나며 시력, 동체 시력, 후각, 청력, 피부 감각 등 모든 것이 우수하기 때문이었다.

평범한 사람은 보지 못하고 그냥 넘기는 수준의 미세한 변화를 감지해 위험을 회피한다. 그래서 모기에 물리지 않고 비를 맞지 않는다.

이런 뛰어난 감각 덕분에 축구를 할 때 공간 지각 능력을 발휘해서 전황 예측을 할 수 있게 되는데, 당시에는 부모님도 본인도 그걸 알 길이 없었다.

그리고 그런 울보 욧짱에게 전환기가 찾아온 건 네 살 때의 일이었다.

아빠가 지인에게 J리그 표를 받아, 가족이 함께 관전하게 된 것이다.

장소는 사이타마 스타디움. 부모님은 축구에 거의 관심이 없었지만, 아무래도 홈경기이다 보니 열렬한 지역 팬들 덕에 경기장은 만원이었다.

사람이 너무 많아서 겁먹고 울지 않을까 했던 부부의 예상과 다르게 이사기는 울지 않았다.

"와아… 굉장하다…."

시합이 시작되자 이사기는 지금까지 느껴 보지 못한 설렘을 느꼈다.

선명한 녹색 잔디와 푸른 하늘.

공을 쫓는 선수.

열광하는 관객.

규칙도 전혀 모르지만, 저 자리에 서고 싶다.

나도 공을 쫓아 보고 싶다.

'…나도, 축구를 해 보고 싶어.'

경기를 보고 돌아오는 길. 이사기는 "축구공 갖고 싶어!" 하고 부모님을 졸랐다.

그렇게 얌전하던 아들이 축구에 관심을 보인 건 의외였지만, 두 사람은 흔쾌히 찬성했다.

곧바로 선물해 주자 이사기는 희고 검은 공을 보고는 "와아…!" 하고 눈을 반짝였다.

정신없이 공을 차는 아들을 보고 잇세이와 이요는 참을 수 없이 기뻤다.

"다행이야, 욧짱에게 좋아하는 게 생겨서!"

"그러게! 운동은 체력도 키워 주는데 잘됐다~"

울보여도 좋으니 건강하게만 자라 다오.

하나뿐인 겁쟁이 아들이 처음 스스로 생각해서 하고 싶은 것을 표현했다.

그것만으로도 너무나 만족스러웠다.

노엘 노아

그 이후, 이사기는 축구에 집중했다.

부모님께 부탁해 축구 교실에 다니며 축구 시합 중계가 있으면 TV 앞에 딱 붙어 앉았다. 점심시간이나 방과 후에도 줄곧 축구만 했다.

축구를 통해 친구도 사귀었고 울보였던 이사기는 점점 활발해졌다.

하지만 소심하고 조용한 성격이 달라지는 건 아니다.

친구와 싸우기는커녕 선생님에게 반항 한 번 하지 않았다.

운동 신경은 좋지만 공부는 그냥저냥, 축구를 좋아하는 존재감 없는 남자.

그렇게 철저한 조연이던 이사기가 여덟 살이었던 어느 날, 충격적인 사건이 벌어졌다.

TV 화면을 통해 한 선수를 만난 것이다.

표정 변화 하나 없이 골을 넣는, 젊은 시절의 노엘 노아였다.

"멋있다…!"

차례차례 상대 팀 선수를 뚫고 확실히 골을 넣는, 차원이 다른 그 플레이에서 이사기는 눈을 떼지 못했다.

너무 대단하다.

승리 후 인터뷰에서도 그는 쿨했다.

[오늘도 훌륭했습니다! 오늘 시합을 어떻게 보시나요? 그 슈퍼 골의 느낌은?]

[…별거 없어. 평소랑 똑같이 했을 뿐이지.]

흥분한 인터뷰어에게 담담하게 답한다.

[착각하지 말아 줬으면 좋겠군. 슈퍼니 뭐니 하는 건 상관없고 어떤 골이든 1점이야. 축구란 점수로 승부하는 스포츠고, 나는 그 경기에서 골을 넣어야 하는 포지션에 있는 사람. 그걸 위해 사는 사람이라 당연한 일을 했을 뿐이야.]

노엘 노아는 웃음기 하나 없었지만 인터뷰어는 더더욱 흥분해서 목소리가 높아졌다.

[오오! 그건… 세계 최고의 스트라이커가 되어 월드컵 우승을 노려 보고 싶다는 선언으로 받아들여도 되나요?!]

[…승리하는 것만이 축구는 아니야. 월드컵 우승도 물론 하고 싶지만, 나는 축구의 모든 것을 느껴 보고 싶어. 예를 들어….]

이다음 말을 이사기는 죽는 순간까지 잊지 못할 것이다.

[아군을 어시스트해 1-0으로 이기는 것보다, 내가 해트 트릭을 하고 3-4로 지는 쪽이 기분 좋아. 그런 감정은 어디에서도 얻을 수 없잖아?]

오싹오싹!!

이사기의 몸에 전류가 흘렀다.

'이 사람은 내가 축구를 좋아하게 된 이유를 알아!'

처음 축구를 봤을 때.

이사기를 강렬하게 뒤흔든 건 '멋있다', '굉장해' 같은 감정뿐만이 아니었다.

그 이상으로 '아름답다'고 느낀 것이다.

축구는 열한 명 대 열한 명의 팀전인 동시에 개인전이기도 하다.

자리를 메운 관중이자, 스타디움이자, 쇼이자, 목숨을 건 싸움이기도 하다.

나는 그 중심에 있는 스트라이커라는 존재가 되고 싶다.

'나는 노엘 노아 같은 스트라이커가 되고 싶어…!'

노엘 노아는 축구계의 정점으로 향하려 하고 있다.

'나도…! 나도 노엘 노아처럼 될 거야!'

축구만 그런 게 아니지만, 스포츠에서 최단기간 내에 실력을 향상하는 방법은 프로의 플레이를 흉내 내는 것이라고 한다.

누가 가르쳐 준 것은 아니지만, 이사기는 노엘 노아의 일거수일투족을 따라 했다.

동영상을 보고 분석해, 노트에 기록했다.

머릿속을 노엘 노아의 플레이로 가득 채우면서 매일 밤낮으로 연습했다.

'나도 언젠가 일본 대표가 되어서, 월드컵 결승에서 골을 넣을 거야!'

목표는 노엘 노아.

존경하는 사람이 누구냐고 묻는다면 '노엘 노아!'라고 답하고, 자기소개 카드에는 '제 장래 희망은 세계 최고의 스트라이커입니다'라고 썼으며, 산타 할아버지에게는 '월드컵 우승 트로피'를 달라고 했다.

이사기는 점점 강해졌고 실력이 늘었다.

언제 울보였냐는 듯 두려움 없이 적들 사이로 파고들었다.

초등학생 때는 다섯 명을 제치고 골을 넣었다.

중학교에서는 거주지인 사이타마현 내엔 적수가 없는 스트라이커라는 말을 듣게 되었다.

'노엘 노아 같은 스트라이커가 될 거야!'

그 꿈이, 이사기를 크게 바꾸었다.

그렇게 중학교를 졸업한 이사기는 지역 내 축구 강호교로 알려진 이치난 고등학교에 진학하게 된다.

원 포 올

'노엘 노아 같은 스트라이커가 될 거야! 우선 이치난 고등학교에서 전국 대회를 노리자! 그리고 프로가 되어 일본 대표로 소집되면 월드컵에서 결승 골을 넣는다!'

여덟 살 그날 이후 쭉 가슴에 품어 온 꿈이었다.

그 꿈의 첫걸음을 내디딘다는 기대에 부푼 가슴을 안고 입부한 이치난 고등학교 축구부에서의 첫날.

부실로 들어가자 이미 신입 부원으로 보이는 학생이 여럿 있었다.

유서 깊은 강호인 만큼 로커 위에는 낡은 상장이며 트로피가 장식되어 있고, 가장 넓은 벽에는 붓으로 쓴 부훈(部訓)이 붙어 있었다.

언제부터 거기 있었는지 알 수 없을 정도로 누렇게 바랜 부훈을 보고 이사기의 마음속에는 작은 위화감이 싹텄다.

'원 포 올, 올 포 원'.

'산 넘어 산. 다 같이 힘을 합치면 못 넘을 벽은 없다'.

뭔가 다른데…?

원 포 올, 올 포 원.

'하나는 모두를 위해, 모두는 하나를 위해.'라는 뜻이다.

듣기에는 좋지만, 승부는 그런 겉치레가 아니지 않나?

이사기의 가슴을 뜨겁게 달군 축구는 더 잔인했다.

그 잔인한 세계를 혼자 깨부수는 스트라이커가 아름다웠다.

"너, 이사기 요이치 맞지?!"

누가 갑자기 어깨를 쳐서 뒤를 돌아보니 같은 신입 부원인 듯한 키 큰 학생이 있었다.

"뭐? 응, 그런데…."

"우와~ 대박! 난 타다 토모나리(多田友也)야! 나도 포워드고! 이사기 널 대회에서 봤거든! 진짜 잘하더라! 이렇게 한 팀에서 뛰게 될 줄이야, 정말 운이 좋네!"

원포올, 올포원
부실은 깨끗하게

"아니, 뭘 그렇게까지… 하하."

초면인데 이렇게 다가오는 건 좀 부담스럽다.

"애들아! 이사기야!"

타다가 소리쳤다.

"정말이네! 이사기 요이치잖아!"

"난 지구 대회에서 만난 적 있어!"

같은 1학년 학생들이 우르르 모여들었다. 모두 명랑하고 괜찮은 녀석들 같았다.

분위기 메이커 타다 덕분에 굳어 있던 1학년들에게서 단숨에 긴장이 날아간 느낌이었다.

"이사기 실력은 중학생답지 않게 엄청났지~"

친근하게 말을 붙이는 타다를 보고 이사기 역시 힘을 뺀다.

…타다도 같은 포워드니까, 이해할지 몰라.

머뭇머뭇 벽에 붙은 부훈을 가리켰다.

"저기, 타다…. 이거 말인데, 좀 위화감이 들지 않아?"

자신이 느낀 위화감을 말했다.

"왜?"

어리둥절한 반응이다.

"으음… 축구는 내가 상대를 제치고 골을 넣는 거라 기분 좋은 거 아냐? 그게 스트라이커의 기쁨이라고 할까. 힘을 합치는 게 아니라 스트라이커 개개인의 실력이 중요하지 않나… 해서."

힐끗 타다의 반응을 살핀다.

"뭐어? 축구는 혼자 할 수 없잖아."

무슨 소리야? 타다가 씁쓸하게 웃는다.

"축구는 열한 명이 힘을 합쳐 싸우는 스포츠! 내 목표는 주전 열한 명의 끈끈한 팀플레이야! 원 포 올, 올 포 원!"

갑자기 어깨동무를 했다.

"우리 힘을 합쳐 전국 대회에 가자!"

"오오!"

타다의 말에 다른 팀원들도 크게 소리친다.

'어라? 이상해 보이는 건 나뿐인가…?'

이사기는 더는 아무 말도 할 수 없었다.

입부 후 어느 정도 시간이 지나자 이사기는 확신했다.

이치난 고등학교 축구부의 축구 철학은 자신의 이상과는 거리가 멀었다.

감독은 털털하고 정이 많은, 좋은 사람이었다.

다만 패스로 공을 주고받으며 시합을 꾸려 나가는 연습은, 솔직히 하나도 재미가 없었다.

감독이 중시하는 건 파워와 스피드가 아니라 동료와의 콤비네이션.

깔끔한 패스로 공을 지키면서 골대로 다가가는 팀워크 플레이다.

“나이스 패스, 이사기!”

“이사기, 타이밍 딱 맞게 패스했어!”

팀원들의 칭찬에 미소로 화답할 때마다 ‘이거면 되나?’ 하는 의문이 든다.

아무리 패스를 잘해도 꿈에 가까워지는 느낌은 전혀 들지 않았다.

‘나… 정말 이대로 하면 되나?’

실력도 있고 연습에도 열심히 참가한 이사기는 1학년이지만 등 번호를 받고 연습 시합에도 나가게 되었다. 하지만 시합마저도 스트라이커인 자신을 필요로 하지 않았다.

시합에는 이겼으니 불평할 이유는 없지만, 그래도….

어느 날 연습을 마치고.

이사기는 일생일대라고 해도 좋을 만큼 용기를 내었다.

눈 딱 감고 감독에게 자신의 생각을 전하기로 한 것이다.

돌아가려는 감독의 뒷모습에 "감독님! 잠시만요!" 하고 말을 걸었다.

"응? 왜 그러냐, 이사기."

조용하고 순종적인 이사기가 감독에게 말을 거는 걸 보고, 집에 가려던 다른 팀원들까지 걸음을 멈췄다.

"저… 저, 다음 시합에는… 스트라이커로, 가능하다면 그… 좀 더 슛을 노려 보고 싶다고… 생각 중인데요…."

이 정도가 이사기가 할 수 있는 최대한의 표현이었다.

"하하하! 눈에 띄고 싶은 건가?"

감독이 호쾌한 웃음을 터뜨리자 지켜보던 팀원들도 소리 내어 웃었다.

"지금까지는 네 개인의 기량으로 이겼을지 몰라도 고등학교는 그렇게 호락호락하지 않아. 우선 철저히 팀플레이를 익힌다. 다 같이 이기며 다 같이 강해진다! 그러면 기쁨은 두 배! 슬픔은 절반이다! 그게 이치난의 축구다!"

감독은 팀의 중요성을 장황하게 늘어놓고, 거기에 이사기가 공헌해 주기를 바란다고 강하게 어필했다.

"이치난 고등학교는 열한 명 전원으로 전국 대회 진출을 노리는 팀이다! 축구에서 혼자 이길 생각은 하지 마!"

"네… 죄송합니다!"

창피함에 얼굴을 붉히면서 고개를 숙였다.

팀플레이로 이기는 것이 이치난의 축구.

그리고, 그건 일본인다운 축구일지도 모른다.

"알았으면 됐다. 이사기, 너한테는 기대가 크다!"

철썩, 소리나게 등을 때리더니 감독은 가 버렸다.

원 포 올, 올 포 원.

'나는 모두를 위해 플레이해야 해….'

부실로 돌아가니 타다가 기다리고 있었다.

"이사기, 늦었네. 얼른 가자!"

타다를 비롯해 팀원들은 모두 좋은 녀석들이다.

분위기도 좋고 시합에도 이기고 있으니, 노력하면 분명 전국 대회에 갈 수 있겠지.

'그거면 돼. 실제로 이렇게 팀이 굴러가고 있잖아. 축구는 열한 명이 하는 스포츠야. 나 혼자만 균형을 어지럽히면, 안 돼…. 분명.'

부훈을 올려다보며 중얼거렸다.

"원 포 올, 올 포 원…."

아무에게도 들리지 않게 되뇌었다.

에고 봉인

그날 이후 이사기는 슛의 쾌감을 추구하는 감정… 자신의 에고를 봉인했다.

'그도 그럴 게, 다들 순순히 받아들이잖아. 그러니까 나도 감독님 말을 믿자.'

온화하며 성실한 이사기다운 선택이라고 할 수 있었다.

협조성이 몹시 뛰어나며, 팀원들을 소중히 여기고 싶은 마음이 강하다.

사춘기인 탓에 괜스레 눈에 띄는 것도 싫고, 원래 겁이 많다 보니 자기 생각을 주장하다 미움받는 것도 싫었다.

축구로 인해 변한 이사기는 다시 축구로 인해 변하고 있었다.

사이타마 내에 적수가 없는 중학생 스트라이커였을 무렵의 자신감, 자신이 세상의 중심이 된 듯한 스포트라이트는 빠르게 빛을 잃었다.

'세계 최고의 스트라이커가 되어서 월드컵에서 우승하겠다!'라는 장대한 꿈을 품고 걸음을 내디뎠을 텐데.

뜨거운 감정이 없는 것은 아니었다.

하지만 꾹꾹 누르듯이 그 불꽃을 죽여 갔다.

"나이스 패스, 이사기!"

"이사기, 타이밍 딱 맞게 패스했어!"

그렇게 말하면 이런 축구를 계속해야 한다는 마음이 든다.

그런 일상 역시 이사기답다고 표현할 수밖에 없었다.

예를 들어….

"이사기는 어떤 애가 취향이야?"

부 활동을 마치고 돌아가는 길. 타다가 아이돌 그룹 영상을 보여 주며 물었다.

"역시 센터인 애 아니냐? 그렇지?"

솔직히 누구라도 상관없다… 생각은 그렇게 해도 말로 표현하지 못하는 게 이사기였다.

게다가 이사기가 좋아하는 타입은 잘 웃으며 미소가 예쁜 사람이다.

타다가 좋아하는 아이돌은 무표정한 츤데레 타입이라, 이사기의 폭넓은 취향에도 맞지 않았다.

그러나.

"아, 나도 걔가 좋아~♡"

"그렇지!"

친구들이 신나 하면 이사기는 이렇게 맞춰 주고야 마는 것이다.

"으, 응…. 나도."

뭐, 싫은 건 아니니까.

"역시?! 이사기도 이런 타입을 좋아하는구나!"

"응…."

"그럼 다음에 같이 라이브 보러 갈래?"

"…응?"

"좋은데? 다 같이 가자!"

"오오오~!"

제대로 신난 이치난 축구부였다.

"어, 어…?"

매번 휩쓸리기만 했다.

매사 이런 식으로, 노래방에 가서 타다와 곡이 겹치면 예약을 조심스레 취소한다.

부 활동을 마치고 라면 먹으러 가자고 하면 '어제도 먹었는데. 뭐, 됐다….' 하고 따라간다.

그리고 라면 가게에서는 다른 멤버들 몫까지 물을 챙긴다.

물론 더 마시겠다고 하면 다시 간다.

다정하고 동료를 위하는, 이치난 축구부에 빼놓을 수 없는 팀원 중 하나.

어느새 이사기는 균형을 중요시하는 집단의 일원이 되어 있었다.

결승 무대

그리고 맞이한 고2 가을.

이사기는 스트라이커가 아니라 어시스트로 팀에 공헌했다.

시야가 넓고 공간 지각 능력이 뛰어난 데다, 축구 지능이 높다는 특성은 얄궂게도 이치난 축구부 팀플레이의 완성도를 비약적으로 높였다.

덕분에 팀은 현 대회에서 순조롭게 위로 올라갔다.

"마침내 여기까지 왔구나!"

오늘은 사이타마현 대회 결승전.

경기장 로커 룸에서 감독이 외쳤다.

목표인 전국 대회가 코앞에 있다. 한 번만 더 이기면 전국 대회다.

"이기든 지든, 너희는 내 자랑이다!"

시합 전 미팅. 여전히 감독은 뜨거웠다.

"단 이 기회를 놓치지 말자! 다 같이 덤비면 무슨 일이든 후회는 남지 않는다! 가자! 원 포 올, 올 포 원! 이치난 정신!!"

"오오오오!!"

로커 룸에 이치난 축구부의 쩌렁쩌렁한 외침이 울렸다.

"오오오!!"

이사기 역시 같은 분위기로 소리치며 기합을 넣었다.

'꼭 이기고 싶어…!'

한 번 더 이기면 전국 대회에 갈 수 있다.

결승 상대는 마츠카제코쿠오우(松風黒王) 고등학교로, 현에서 손꼽히는 스트라이커 키라 료스케(吉良涼介)라는 선수가 있었다.

'나는 그 키라 료스케를 이기고 전국 대회로 가서… 스카우트를 받고 J리그로 진출…. 언젠가 일본 대표가 돼서…!! 언젠가 꿈에 그리던 월드컵에….'

무심코 움켜쥔 주먹을 보고 퍼뜩 정신을 차렸다.

'월드컵? 아직… 난 이런 걸 바라고 있구나.'

더는 아무에게도 말하지 않지만, 자기 자신조차도 잊어 가고 있었지만, 이사기의 마음속에는 늘 있었던 것이다.

일본 대표가 되고 싶다.

월드컵에서 우승하고 싶다.

처음으로 노엘 노아를 본 여덟 살 그때부터, 계속해서 바라던 꿈.

그때 예지 같은 생각이 떠올랐다.

'…만약 꿈을 이룬다면, 분명 이 시합이 터닝 포인트가 될 거야.'

어릴 적에 하늘을 보고 비가 올 것을 예지했듯, 이사기는 자신의 미래를 본 듯한 느낌을 받았다.

'…그렇다면 인생을 걸고 싸워야지!'

가슴 가득 차오르는 본심.

자신의 에고 목소리를 이사기는 오랜만에 들었다.

아직 쥐고 있던 주먹에 힘을 싣는다.

'계속 팀으로 싸웠지만, 내 꿈을 이 팀이 이뤄 주는 건 아니야. 스트라이커라면 이럴 때는 물러날 수 없어! 나에게 기회가 온다면… 이 시합은 내 골로 이기겠어!'

이사기는 고등학교에 들어와 처음으로, 직접 슛을 넣기로 결심했다.

결승 시합은 상대적으로 높은 평가를 받던 마츠카제코쿠오우 고등학교의 리드로 진행됐다.

전반에 키라 료스케에게 1점을 뺏기는 바람에 시합은 0-1.

이치난은 조직적인 수비로 위기를 넘기고 있었다.

내내 밀리는 분위기로, 결정적인 기회가 오지 않았다.

공격도 제대로 못 해 본 채 후반에 접어들었고, 시간은 점점 흘러갔다.

그리고 후반도 막바지, 겨우 이 시합에서 처음으로 기회가 왔다.

"가라, 이사기! GO, GO!"

"이번 시합 마지막 찬스다!!"

"이사기!!"

벤치에서 절실한 외침이 들려왔다.

후반 40분, 공은 이사기에게 있다.

추가 시간은 거의 없었다.

'이기면 전국! 전국! 전국! 전국!! 내 골로 이기겠어!'

이 시합에 겨우 찾아온 득점의 기회.

견뎌 내고 달리면서, 이사기가 스스로 얻어 낸 기회다.

상대 팀의 7번과 9번이 이사기를 뒤쫓았다.

옐로카드까진 아니지만 9번 선수가 이사기의 유니폼을 잡았다.

이사기는 힘껏 그 팔을 뿌리치고 적진을 향해 돌진했다.

경이로운 집중력이다.

'이기면 전국!'

격렬한 페인트로 수비수의 허를 찌르고 돌파했다.

'깔보지 마!'

왔다. 골이다.

'골키퍼와 일대일! 슛 넣는다! 슛 넣는다!'

상대 팀의 골키퍼가 앞으로 달려 나왔다.

'전!! 국!!'

신경이 극한까지 예민해지고, 이사기의 눈에는 골대밖에 보이지 않았다.

이사기는 언젠가 느꼈던 뜨거운 감정을.

에고를 떠올리려 하고 있었다.

'틀림없어. 이 시합이 내 터닝 포인트가 될 거야….'

할 수 있다.

이제 힘껏 걷어차기만 하면….

"이사기!! 이쪽, 완전 프리!!"

"?!"

아군의 목소리에 이사기의 집중력이 뚝 끊어졌다.

'아… 타다….'

순간 성실하고 조용한 평소의 이사기로 돌아간다.

"확실하게! 1점 넣는다!"

측면에서 타다가 프리로 치고 나왔다.

'확실히… 패스하면 1점이겠지….'

골키퍼는 타다에게 반응하지 않고 있었다.

위치를 보면 확실히 골은 들어간다.

"뭐 하고 있어, 이사기!! 여기서 넣지 못하면 끝장이다!! 원 포 올, 올 포 원!"

감독의 노성이 날아들었다.

'그래… 축구는… 열한 명이 하는 스포츠야….'

위험한 승부는 할 필요 없다.

그러다 지게 되면 내 탓이고, 팀원들을 볼 면목이 없으니까.

타다의 발 쪽으로 절묘하게 패스했다.

완벽한 최종 패스다.

이사기에게만 집중했던 골키퍼가 "앗." 하고 허를 찔린 듯 자세를 무너뜨렸다.

'좋아! 이걸로 동점….'

타다가 슛을 날렸다.

터엉!

그 슛이 골포스트에 맞아 크게 튕겨 나왔다.

'뭐야?! 위험해!!!'

생각지 못한 슛 미스에 이사기의 반응이 늦어졌다.

"카운터! 카운터!"

아까 이사기가 따돌린 상대 팀 7번이 잽싸게 공을 가로챘다.

즉시 롱 패스를 날린다.

물론 그 끝에는….

"빠져나가! 키라!"

키라 료스케가 있었다.

공을 받은 키라가 무시무시한 드리블과 함께 골대로 돌진했다.

수비수를 뚫고 그대로….

펄럭!

공이 네트에 꽂힌다.

시합을 끝맺는 득점.

위기에서 역습에 성공한, 관중들을 흥분케 하는 압도적인 골.

그리고….

삐익!

0-2로 시합 종료를 알리는 휘슬이 울렸다.

패퇴

땅을 울리는 환호와 승자의 포효.

카운터인 롱 패스를 날린 7번이 키라를 안아 들고 온몸으로 기쁨을 표현한다.

'…끝났다. 졌어.'

열광의 소용돌이 중심에 있는 키라를 이사기는 그저 멍하니 바라보았다.

[오늘 시합은 2-0으로 마츠카제코쿠오우 고등학교가 승리. 마츠카제코쿠오우 고등학교의 전국 대회 진출이 결정됐습니다….]

안내 방송이 나오자 다시 포효가 울렸다. 하늘을 가리키는 세리머니와 함께 승리에 도취한 사람들 중앙에 있는 것은 역시 키라였다.

같은 필드에는 이사기의 팀 동료가 땅에 엎어져 울고 있었다.

결정적인 슛에 실패한 타다는 눈물을 줄줄 흘리는 중이다.

"얘들아, 미안…. 내가 넣었더라면…. 내가 넣었더라면…."

으아아아아, 오열하는 타다에게 팀원들이 "네 잘못이 아냐…."라고 격려를 건넸다. 말을 하는 녀석도 통곡 중이다.

그리고 시작되는 MVP 인터뷰.

[키라 선수에게 전국 대회 진출은 통과점이라 생각합니다만, U-18 대표로의 이른 소집에 대한 의견은?]

전국 대회 진출은 통과점. 여성 인터뷰어가 패배한 팀 앞에서 잔인하기 짝이 없는 질문을 던진다.

[글쎄요. 지금은 이 팀에서 전국 대회 우승을 목표로 할 따름입니다. 다만 한 가지 말할 수 있는 건… 지금의 제가 있는 건, 이 팀의 모두가 있었기 때문이라는 겁니다.]

그렇게 답하는 키라는 자신만만해 보였다.

반짝이는 땀방울과 빛나는 흰 치아. 상큼한 훈남을 보고 여성 팬들이 꺅꺅거리며 소란을 피웠다.

그리고 아무도 주목하지 않는 경기장 구석에서는….

"이치난, 집합!"

감독의 목소리에 고개를 떨구고 있던 패배자들이 등을 곧게 폈다.

"잘 싸웠다. 분하지만 이것이 현재 이치난의 실력이다. 3학년은 이걸로 은퇴구나…. 오늘부로 축구를 관두는 녀석도 있겠지만, 팀으로서 함께 싸웠던 나날을 자랑스럽게 생각하도록."

감독의 목소리가 서서히 흔들린다.

"이번 패배가 언젠가 너희 각자의 인생에서… 흐윽…. 헛되지 않았다고… 생각할 때가 분명 올 것이다…!"

훌쩍훌쩍 소리를 내며 감개무량한 듯 감독이 소리쳤다.

"인생에 의미 없는 일 따윈 없다! 내게 이 이치난 축구부는!!"

선수들도 눈물을 뚝뚝 떨어뜨렸다.

"일본 최고의 팀이다!!!"

감독의 말과 선수의 오열이 울려 퍼지는 가운데, 홀로 냉정한 이사기가 있었다.

'…아니, 전국 대회까지 한 발 부족했던 팀이지.'

그렇게 전국 대회 도전은 끝났다.

경기장에서 돌아오는 길, 노을 진 하늘 아래 자전거를 밀며 제방 길을 걸었다.

'나는 그런 팀의 이름 없는 2학년 포워드고. 이것이 현실….'

강 너머로는 석양이 저물어 갔다.

'죄송합니다… 노아 님…. 저는 당신 같은 슈퍼스타가 될 것 같지가 않네요.'

이사기는 마음속에 있는 노엘 노아에게 말했다.

'당신의 플레이에 매료되고 당신에 대한 동경만으로 저는 줄곧 축구를 계속해 왔습니다.'

현재 노엘 노아는 프랑스 대표 포워드이며, 유럽 연간 최우수 선수까지 오른 31세. 아직도 슈퍼스타의 자리를 지키고 있었다.

'하지만 꿈은 꿈으로 끝나는 모양입니다. 언젠가 일본 대표, 에이스 스트라이커가 되어 월드컵에서 우승한다는 내 바보 같은 꿈이….'

월드컵 우승. 우렁찬 환성에 열광하며 환희하는 사람들, 흩날리는 컨페티, 그 중심에 있는 건 트로피를 번쩍 든 자신이다. 여덟 살 때부터 쭉 간직해 온 장대한 꿈….

'그보다 이런 상태로는 프로조차 될 수 없겠지만….'

키라 료스케의 눈부신 미소가 떠올랐다.

'프로가 되는 건 그런 녀석이겠지. 같은 고2인데도 손오공과 크리링 정도의 차이야…. 고등학교 졸업까지 앞으로 1년… 진심으로 축구를 하려면, 나는 꿈을 포기해야만 하는 걸까….'

눈을 질끈 감자, 마지막 플레이가 생생하게 떠올랐다.

마츠카제코쿠오우 고등학교의 골키퍼가 두 팔을 벌리고 이사기를 노려본다.

목숨을 걸더라도 골대를 지키겠다는, 그런 표정이다.

사이드로 달려온 아군이 보인다.

완전 프리다. 패스하면 확실히 1점을 딸 것이다.

하지만 이사기는 망설임 없이 슛을 쏜다.

아슬아슬하게, 설령 예상했더라도 손이 닿지 않을 사이드 아래쪽으로 날아간다.

터어엉!

공이 네트 구석에 꽂히며 동점 슛에 성공한다.

그 순간, 이사기는 히어로였다.

이를 악물고 분해하는 골키퍼의 표정까지도 너무나 생생하게 상상할 수 있었다.

만약 그 상황에서 패스가 아니라 슛을 쐈더라면….

'…내 운명은 달라졌을까?'

오늘 키라가 온몸으로 만끽한 승리의 쾌감은 전부 이사기의 것이 됐을지도 모른다.

하지만 현실은 달랐다.

공허한 눈으로 해가 저물어 가는 하늘에 대고 중얼거렸다.

"아니…. 축구에 **만약**은 좋지 않아…. 팀플레이에서 진 거니까… 어쩔 수 없지…."

지나가던 초등학생들이 혼잣말을 중얼거리는 이사기를 보고는 사사삭 멀어져 갔다.

"저 사람, 혼자 중얼거리는데…."

"분명 위험한 사람일 거야."

엄청나게 경계 중이다.

"축구는 열한 명이 하는 스포츠…고… 혼자서는 이길 수 없어…. 원 포 올…."

아무리 자신을 납득시키려 해도 참을 수가 없었다.

속으로 억눌렀던 감정이 단숨에 폭발했다.

으아아아아아아!

절망이, 후회가, 분통함이 북받쳤다.

그때 슛을 날렸더라면…!

갑자기 소리친 이사기를 보고 놀란 초등학생들이 "으악!! 도망쳐!" 하고 달아났다.

"제길…."

뚝뚝 떨어지는 눈물에 흙의 색이 어두워졌다.

'이기고 싶었어….'

집에 도착했을 즈음엔 완전히 날이 저물어 있었다.

"다녀왔어…."

"어서 오렴. 시합은 어땠니?"

현관문을 열자 엄마가, 늘 그렇듯 웃으며 맞아 주었다.

"졌어. 졌어. 졌다고. 배고파."

"어쩌니! 오늘은 돈가스 튀겼는데!"

식탁에는 산더미처럼 쌓인 돈가스와 가늘게 썬 양배추가 있었다. 기다리다 지쳤는지 아빠가 먼저 젓가락을 들었다.

"그런 건 보통 전날에 먹잖아*…."

"그래? 맛있는데. 아빠도 엄마도 축구에는 흥미가 없어서 미안하구나!"

이사기가 뭐라 해도 아빠나 엄마나 운동과는 거리가 있어서, 생각이 좀 어긋나는 건 어쩔 수 없는 일이었다.

져서 분하지만 배는 고프다.

우걱우걱 먹고 있는데 "그러고 보니."라며 엄마가 편지를 내밀었다.

"네 앞으로 편지가 왔더구나. 일본 축구 연합이란 곳에서!"

"응…?"

일본 축구 연합…? 거긴 일본 축구계를 총괄하는 곳이잖아? 무슨 일인지 전혀 모르겠다.

"뭐라고 쓰여 있어?"

"응…? 소집?"

일본 축구 연합은 잘 몰라도, 아들에게 온 편지에는 관심이 있었기에 부부가 나란히 편지를 살핀다.

이사기 요이치 님 강화 지정 선수로 선출되었습니다.

※일본어의 '이기다(카츠)'와 발음이 같아 승리를 기원하는 의미로 돈가스를 먹곤 한다.

"강화 지정 선수…?"

이사기가 침을 꼴깍 삼킨다.

"아무튼, 좋은 거지?"

"모르겠네."

엄마가 고개를 갸웃하자, 아빠가 적당히 대답했다.

부모님은 너무 태평한 성격이라, 이게 얼마나 대단한 일인지 모른다.

일본 축구 연합이 직접 보낸 초대장.

시합에 지며 안타깝게 전국 대회의 코앞에서 멈춘, 이날에.

'어째서 내가…?!'

끝난 줄 알았던 꿈이 다시 움직이기 시작했다.

소집 이유

'오늘은 컵라면….'

모니터 룸에는 빈 컵라면 용기가 수없이 쌓여 있었다.

정크 푸드를 좋아해도 너무 좋아하는 거 아닌가?

눈 밑에 늘 시꺼먼 다크서클이 있는 것도, 성냥개비처럼 빼빼 마른 것도 분명 식생활 때문이겠지…?

그렇게 생각하며 안리는 컵라면에서 시선을 거두고 다시 업무를 시작한다.

에고와 안리는 모니터로 사이타마현 결승전 시합 영상을 보고 있었다.

하이라이트 영상은 완벽한 역공으로 날카로운 슛을 날린 키라 료스케.

에고가 그 즉시 소집을 결정했고, 안리는 키라의 데이터에 '소집'이라고 체크했다.

이치난 수비수를 뚫고 슛을 날린, 그야말로 스트라이커다운 플레이.

키라는 나무랄 데 없는 선수다.

'…그나저나.'

에고가 선택한 이사기 요이치는 안리가 상상하던 전개 그대로 패배했다.

자신이 만든 기회를 쉽게 팀원에게 넘겨주고, 역공당해 자멸.

조직력이 뛰어난 일본 축구를 그대로 구현해 놓은 듯한 플레이는, 패배함으로써 그 한계를 여실히 드러내고 있었다.

안리는 의아함을 느꼈다.

'이사기 요이치에게 강화 지정 선수로 선출됐다고 통보… '블루 록' 초대장을 보낸 게 잘한 일일까? 역시 실수한 거 아닌가…?'

안리의 꿈은 일본이 월드컵에서 우승하는 것이다.

일본 축구는 요 25년간 성장을 거듭해, 월드컵 본선 진출 단

골이 되었다.

그러나 늘 16강에서 멈추는 것이 일본의 한계였다.

'우리만의 축구를 하면 이길 수 있다.'

'일본의 점유율 축구는 세계를 상대로 통한다.'

축구 해설자들은 입을 모아 그렇게 말한다.

'그딴 소릴 하니까 늘 16강에서 막히는 거야!'

안리가 마음속으로 분통을 터뜨렸다. 축구의 장래를 생각하면 안리는 입이 조금 험해진다.

이대로 있다가는 앞으로도 영원히 일본 축구의 월드컵 우승은 불가능할 것이다.

그렇기에 지금의 일본 축구를 무너뜨리고 이 나라를 월드컵으로 이끌 구세주… 세계 최고의 스트라이커를 탄생시켜야 한다.

스트라이커 300명 선출은 에고의 독단과 편견에 일임했다.

하지만 역시 이 아이는 틀린 게 아닐까? 안리는 생각했다.

그런데 필드에 주저앉은 이사기의 영상을 보면서 에고는 섬뜩한 미소를 지었다.

"아아…. 이 녀석 최악이었지? 안리."

"네. 이 시합에서 이치난 고등학교는 0-2로 마츠카제코쿠오우 고등학교에 졌습니다. 이사기 요이치는… 아무것도 못 해 보고 끝났어요."

그래서 지난번에 이 아이는 안 된다고 했잖아.

하지만 에고는 입꼬리를 더 끌어올렸다.

"좋은걸…. 최악인 동시에 최고야…. 압도적인 플레이 시야에 공간 지각 능력, 다른 선수와 자기 위치를 정확하게 파악하는 눈과 뛰어난 축구 IQ. 그 모든 재능을 팀을 위해 씀으로써 스트라이커로서의 가능성을 죽이고 만 인재…."

에고는 안경을 치켜올리면서 고개를 크게 끄덕였다.

"일본 축구를 죽이고 누구의 눈에도 띄지 않은 채 사라져 간다. 이런 인간의 에고야말로 '블루 록'의 재산이 되지."

블루 록

BLUELOCK

싸우기 전, 우리는.

Nagi Seishiro

나기 세이시로

만 나 기 전 까 지 는

나기 세이시로

Nagi Seishiro

생일	5월 6일
별자리	황소자리
키	190cm
혈액형	O형
출신	카나가와현

일하고 싶지 않아

나기 세이시로(凪誠士郎), 중학교 3학년 가을.

침대에 털썩 드러누워 천장을 올려다보았다.

머리맡에는 스마트폰과 게임기, 이름만 적은 '진로 희망 조사표'가 있었다.

'게임하고 싶다. 게임하고 싶다. 게임하고 싶다.'

하지만 내일까지 반드시 진로 희망 조사표를 작성해서 제출해야 한다.

3학년 이 시기까지 제출하지 않은 사람은 나기뿐이라 오늘은 결국 담임에게 혼까지 났다.

"나기, 너는 하면 할 수 있어! 할 수 있는데 왜 안 하는 거냐?! 너에게도 장래의 꿈 정도는 있잖아? 원하는 직업을 가지든, 결혼해서 행복한 가정을 꾸리든, 중3인 지금 노력해야 얻을 수 있단 말이다!"

교무실로 불려 가서 설교를 들었다.

담임인 야이노(矢井野) 선생님은 야구부 고문이라 늘 체육복 차림에, 수염이 짙게 나고 체온이 높을 듯한 열혈 교사다. 조금 불편하다.

"안정된 미래를 얻으려면 조금이라도 수준 높은 고등학교에 가야지. 너라면 노력 여하에 따라 진학교도 가능해. 지금이 중요한 시기다. 지금 하지 않으면 어쩌겠다는 거야!"

담임은 다음 한마디로 기나긴 설교를 끝맺었다.

"더 진지하게 장래를 생각해야지!"

아무리 그래도 나기는 어떤 고등학교에 가고 싶은지, 장래에 뭐가 되고 싶은지 생각해 본 적이 없었다.

따로 관심 가는 것도 없고, 좋아하는 과목도 없으며, 특별히 하고 싶은 일도 없다.

진로 희망 조사표를 쓰려고 해도, '일하기 싫은데'처럼 두루뭉술한 것 말고는 떠오르는 게 없다.

'장래라… 일하는 건 분명 귀찮겠지…. 블랙 기업은 싫어…. 아침부터 저녁까지 일하라면 못 해…. 애초에 일하기가 싫어….'

"가능한 한 힘들지 않게 살고 싶어."

지나치게 솔직한 본심이 튀어나왔다.

'일하기 싫어…. 일하지 않으려면?'

나기는 겨우 볼펜을 잡았다.

어릴 적부터 쭉 게임이나 하며 빈둥빈둥 지내는 게 꿈이었다.

앞으로도 게임이나 하며 빈둥빈둥 살고 싶다.

그러려면 뭘 해야 하지?

"…돈을 많이 번다?"

부스스 상반신을 일으킨 뒤, 펜을 손가락으로 빙글빙글 돌리면서 생각했다.

'응. 좋은 회사에 취직해서 돈을 그럭저럭 벌면 일찍 은퇴해서 게임만 하면서 살자. 그렇게 하자.'

업종은 뭐든 상관없지만 돈을 많이 벌 수 있고 시간에 여유가 있는, 힘들지 않게 고소득을 올릴 수 있는 회사.

그런 데 취직하려면 분명 좋은 고등학교에 가는 게 낫겠지.

학교에서 나눠 준 『전국 고등학교 가이드』를 훌훌 넘겨 보았다.

'수준이 높은 고등학교….'

대충 펼친 페이지에 수준 높고 적당한 고등학교가 있었다.

나기는 겨우 지망 학교란을 채웠다.

선생님이 말한 것과는 전혀 다른 동기… '행복한 가정'이나 '안정된 미래'를 위한 것이 아닌 '빈둥빈둥 살기' 위해 고른 고등학교.

'이거면 됐겠지. 게임이나 하자.'

나기는 겨우 게임기를 손에 들었다.

"하쿠호(白宝) 고등학교~?! 진심이냐?!"

기껏 진로 희망 조사표를 제출했더니 어째서인지 담임이 화를 냈다.

나기의 1지망은 도쿄의 명문교인 하쿠호 고등학교였다.

혼은 났지만 귀찮아서 지망 학교를 바꾸지는 않았다. 부모님은 방임주의라서 별말 없다.

지망 학교를 정했다고 하나 따로 수험 공부를 하지는 않았다. 겨울에는 추워서 이불 밖으로 나가기 싫으니까.

다른 학생들이 학원에 다니고 모의고사를 치르고 결과에 일

희일비할 때, 나기는 따끈따끈한 이불 속에서 게임에 빠져 살았다.

'슬슬 시작하는 게 낫겠지?'

엉덩이를 뗀 것은 시험 2주일 전.

침대에서 뒹굴며 참고서를 읽었다.

'국어… 재미없어. 졸려.'

'이과 참고서… 흐음… 호오.'

'사회… 외우기만 하면 되나….'

'수학은… 머리가 뒤죽박죽이야.'

'이 영어는 게임에서 들어 봤어.'

안 하던 짓을 하며 보낸 2주일 덕에 나기는 도쿄의 유명 진학교에 무난히 합격할 수 있었다.

하쿠호 고등학교

입학 첫날.

벚꽃의 개화 시기와 입학식이 겹쳐 푸른 하늘 위로 분홍빛 꽃잎이 흩날렸다.

새로운 학교와 새로운 친구들, 새로운 생활.

칼라에 하운드 투스 문양이 들어간 하쿠호 고등학교 교복은 그 자체로도 인지도가 높기 때문에, 빳빳한 교복을 차려입은 신입생들에게도 자랑거리였다.

다들 희망에 찬 눈으로, 따분하기 그지없는 교장 선생님 훈화에도 등을 바르게 편 채 긴장한 기색으로 듣고 있다.

그 속에서 나기 혼자 유일하게 반쯤 죽은 눈을 하고 있었다.

'넥타이 갑갑해….'

그렇게 생각하면서 입학식을 마치고 새로운 반으로 향했다. 겨우 자리에 앉아 한숨을 돌린다.

넋을 놓고 있는데 옆자리 남학생이 말을 걸었다.

"너 키 크다! 중학교는 어디 나왔어? 난 부속 출신인데."

단정한 눈썹에 하얀 이. 약간의 도전 정신이 느껴지는 밝은 머리색. 손목에는 최신형 스마트 워치가 있었다. 인싸의 긍정적 오라가 뿜어져 나온다.

"…이토마(暇) 중."

"이토마 중? 처음 들어 보는데? 어디야?"

"카나가와."

"카나가와라~ 요코하마 말고는 잘 모르는데 분명 자연이 아름다운 곳이겠지. 우리 집은 시부야구라서 메이지 신궁에나 가야 식물을 볼 수 있거든~"

도쿄 출신이 아니라는 걸 알자마자 태도가 바뀌었다. 하지만 나기가 무시했기에 대화는 거기서 뚝 끊겼다.

인싸는 반응 없는 나기에게 관심을 잃었는지, 반대쪽에 앉은 남학생에게 똑같이 말을 건다. "나는 부속 출신." "나는 유

세이(優星) 중." "나는 시부야구." "나는 메구로구." 그쪽과는 얘기가 술술 진행되었다.

보아하니 곳곳에서 비슷한 느낌의 주도권 경쟁이 펼쳐지고 있었다.

외모, 헤어스타일, 타고난 센스, 사교 속성, 모든 것을 종합하여 예상하는 반 내의 순위.

"우리 나중에 레오(玲王) 군 보러 가지 않을래?"

"갈래, 갈래! 부자에다 잘생겼고, 친해지고 싶어~!"

여학생들은 비슷한 타입끼리 모여 벌써 그룹을 만들고 있었다. 서로를 스캔하듯 관찰하며 머릿속으로 등급을 매기는 것이 느껴진다.

그런 동급생들의 거동 하나하나가 나기에게는 신기했다.

'고등학교를 잘못 선택했어. 귀찮아….'

하쿠호 고등학교는 도내에서도 톱클래스인 진학교, 당연히 나름대로 선별을 거친 학생들로 이루어져 있었다.

즉, 나기와는 정반대로 엘리트 의식이 강한 집단인 것이다.

집이 부자라 건방져 보이는 녀석, 묘하게 콧대 높은 녀석, 껄렁거리는 녀석.

조금 전 본 옆자리의 긍정적 인싸는 이미 라인에 그룹 방을 만들었고, 계속해서 친구를 추가해 나갔다.

'다들 부지런하네? …얼른 돌아가서 게임하고 싶다.'

다들 왁자지껄하게 떠드는 와중, 앞문이 드르륵 열리더니 안경 낀 선생님이 들어왔다.

"자자, 그만들 떠들고! 다들 자리에 앉아!"

검은 단발에 남색 정장, 흰 셔츠와 파란 넥타이. 딱 보기에도 깔끔하고 성실해 보였다. 옛날 청춘 드라마에 나올 것 같다.

"담임 잇시키 타카시(一色高史)다. 우선 합격 축하한다!"

쩌렁쩌렁한 목소리로 말한 뒤 칠판에 흰 분필로 이름을 썼다. 간단한 자기소개와 함께 기쁜 듯이 학생들 얼굴을 죽 둘러본다.

"앞으로 함께할 3년 동안 너희가 알아 뒀으면 하는 게 있다. 고등학교 3년은 긴 듯하면서도 짧아. 무언가를 이루기에 3년이라는 시간은 너무나도 짧다. 그리고 아무것도 하지 않으면 아차 하는 사이에 끝나 버리지. 그게 너희가 보낼 3년이란 걸 알아 뒀으면 한다."

나기에게는 크게 와닿지 않아서 점점 눈꺼풀이 감겼다.

'졸려….'

늘 졸리지만, 봄은 더더욱 졸리다.

꾸벅꾸벅 졸고 있는데.

“고등학생의 본분은 꿈을 찾는 것!”

선생님이 소리를 더 높이자, 자신도 모르게 눈이 번쩍 뜨였다.

“남다른 노력으로 우리 학교에 입학한 너희는 가능성을 가진 원석들이다.”

감기려는 눈꺼풀을 억지로 뜨는 가운데, 반의 대다수는 몸을 쭉 내민 채 경청하고 있었다.

‘그런가…. 다들, 남다른 노력으로 여기 합격했구나….’

나기는 따로 들인 노력이 없어서 살짝 주춤했다.

“마음이 움직이는 순간을, 억누를 수 없는 충동을, 언젠가 경험하게 되겠지. 그건 남이 줄 수 있는 게 아니고, 남에게 칭찬받기 위한 것도 아니다. 그 충동이 바로 원석인 너희를 갈고 닦아 줄 거다.”

잇시키 선생님의 이야기가 나기 이외의 학생들에게는 확 꽂힌 모양이다. 교실의 분위기는 처음보다 훨씬 뜨거워져 있었다.

“너희라면 분명 이 고등학교 생활에서 가슴을 뜨겁게 하는 꿈을 찾을 수 있을 거다! 가슴이 뜨거워지는 날이 반드시 올 거야!"

더욱더 와닿지 않는다.

뜨거워진 적은커녕 애초에 뜨거워지고 싶었던 적조차 없었다.

"내가 오늘 교사로서 너희에게 전하고 싶은 건 이것 하나뿐이다. 꼭 졸업까지 기억해 두도록. 아까 얘기한 나와 아내의 첫 만남 이야기는 잊어도 돼."

여자아이들이 키득거리며 요란한 웃음을 터트린다.

나기가 졸고 있는 사이 뭔가 새콤달콤한 에피소드를 푼 모양이었다.

'분명 나는 뜨거워지긴커녕 꿈조차 못 찾겠지.'

빈둥거리며 게임이나 하는 생활이 꿈인데, 그건 분명 선생님이 말하는 '꿈'과는 다르겠지.

정말 뜨거워질 수 있는 꿈….

전혀 상상이 되지 않았다.

'그런 꿈보다… 편하게 살고 싶어. 하아~ 귀찮아.'

이렇게 나기의 고등학교 생활이 시작되었다.

귀가부

나기는 학생 기숙사에 들어갔다.

이름은 기숙사지만 임대 주택 같은 느낌으로, 1인 1실을 배정받아 룸메이트 없이 마음 편히 지낼 수 있었다.

수업을 마치면 곧장 기숙사로 돌아가, 방에 틀어박혀 게임을 했다.

나기가 플레이하는 것은 주로 온라인 배틀 로열 슈팅 게임. 전 세계 수백만 명이 플레이하는 인기 게임의 헤비 유저였다.

입학 초기, 하교하려는 나기 앞을 막아선 사람이 있었다.

운동부 가입 권유였다.

나기의 키는 190센티미터.

운동하는 사람들에게 이 키는 그것만으로도 축복이다.

"얘! 거기 키 큰 애! 너 말이야, 너! 잠시만!"

카랑카랑한 여자의 목소리가 복도에 울려 퍼진다.

"너 농구부로 오지 않을래? 그 키를 썩히긴 아깝잖아. 노력하면 분명 주전까지 갈 수 있어!"

기숙사로 돌아가려는 나기를 반쯤 강제로 불러 세운 사람은, 농구부 매니저라는 여자 선배였다.

나기는 말이 끝나기 무섭게 고개를 가로저었다.

"왜? 벌써 다른 부에 들어갔어?"

고개를 끄덕였다.

"뭐~ 아쉽다! 무슨 부야?"

"귀가부."

"그렇구나~… 앗! 잠깐, 거기 서!"

부리나케 도망쳤다.

걷기도 귀찮은데 운동 따위를 할 리가 있나.

그러나 입학하고 한동안은 농구, 배구, 야구, 핸드볼, 어째서인지 응원단까지 제안을 받았다. 특히 열성이었던 곳이 이 농구부인데, 그 후로도 매니저며 선배들이 여러 차례 입부를

권했다.

“나기 세이시로! 오늘은 무슨 일이 있어도 안 놓쳐.”

“윽.”

농구부 주장이 직접 승강구까지 나와서 기다리고 있었다. 어깨 폭이 묘하게 넓고 상완 이두근이 울퉁불퉁하다. 그 덩치로 앞을 단단히 막아섰다.

“그 큰 키가 아깝지도 않냐! 일단 체육관으로 와 봐. 농구가 얼마나 재미있는지 알려 줄게!”

발달한 근육을 과시하듯 민소매에 반바지 차림. 아직 4월인데 춥지도 않나.

“응? 같이 가자! 하자니까! 농구!”

“…….”

말없이 고개를 저었다. 이제는 말하기도 귀찮았다.

최선을 다해 보내 달라고 어필하지만 근육 선배는 놓아주지 않았다.

그때 근육 선배와 같은 복장을 한, 막내로 보이는 남자가 사이에 끼어들었다.

“주장~ 이 녀석은 괴짜예요, 괴짜. 저랑 같은 반인데 친구 하나 없고 늘 혼자 게임만 한다고요.”

같은 반…인가?

“뭐야? 너 오타쿠냐? 그래서는 인기도 없어! 인기를 끌려면 근력 운동이 최고야! 봐, 내 이 탄탄한 상완 이두근을! 괜찮아, 내가 잘 단련해 줄 테니까. 노력만 하면 금방 멋진 몸을… 앗, 아직 얘기도 안 끝났는데 왜 게임을!”

참다못해 결국 스마트폰을 들었다.

“그냥 포기하죠. 이런 괴짜는 팀플레이에 안 맞아요.”

“으음…. 앗, 잠깐, 도망치지 마!”

다른 부원이 말을 건 틈을 노려 빠르게 도망쳤다.

그런 일이 몇 번 반복되고서야 겨우 나기를 향한 입부 권유가 끊겼다.

하지만 그건 ‘저 녀석은 괴짜라서’라는 평판이 자리 잡은 결과이기도 했다.

늘 혼자 있고 최소한 필요한 대화만 한다.

부 활동이나 위원회, 어디에도 가입하지 않았다.

다들 SNS로 소통하는데 인스타는커녕 라인도 안 한다.

고등학생인데 친구 하나 사귀려 하지 않는 건 이상하다.

즉, 괴짜다.

나기의 경우 외톨이라기보다 원해서 혼자 있는 것뿐이지만,

괴짜 취급에 불만은 없었다.

왜인지 괴짜 소리가 들리는 것 같긴 한데, 게임이 재미있으니까 뭐 됐다… 같은 느낌이다.

무엇보다 남들이 나기를 괴짜로 보는 것처럼 나기는 동급생들을 '이상한 생물'로 여기고 있었다.

'인기를 끌려고 근력 운동? 이해가 안 가…. 왜 그렇게 피곤한 짓을 하는 거지. 인간은 이상한 생물이야.'

노력하면 멋진 몸을 가질 수 있다?

나기로서는 전혀 그 '노력'의 동기를 알 수 없었다.

나기는 방과 후에 오로지 게임만 했다.

학교(낮잠)와 방(게임)을 오가는 것만이 일상의 루틴이다.

겨우 기숙사로 가서 게임을 즐길 시간이 왔다.

"좋아, 헤드샷이다."

노력보다는 게임에서 등수를 올리는 게 훨씬 좋았다.

'전 세계의 게임 제작자님들, 늘 재미있는 게임을 만들어 주셔서 감사합니다….'

만년 잠꾸러기 전설

“좋은 아침. 어제 영상 봤냐?”

“수학 숙제 좀 보여 줘.”

“헐, 체육복 두고 왔나 봐.”

아침부터 시끌시끌한 교실이다.

오늘 아침에도 나기는 지각 직전에 등교해서 책상에 앉아 넋을 놓고 있었다.

봄이 지나고 초여름, 환절기는 유독 졸렸다. 멍하니 있으면 눈꺼풀이 스르르 내려오곤 했다.

‘무기력한 괴짜’라며 부 활동 가입 제안이 끊겼고, 주도권 쟁탈전에서 제외되고 나니 지금은 말을 거는 동급생도 거의 없었다.

괴롭힘을 당하는 건 아니었지만 누가 말을 거는 것도 아니다.

느긋해서 좋지만, 그래도 학교는 귀찮은 곳이었다.

'침대에 누워서 빈둥거리며 종일 게임만 하고 싶어…. 학교만 없으면 안 일어나도 되는데….'

만약 학교가 없었다면 추리닝 차림으로 영원히 게임이나 하면서 빈둥거릴 수 있었을 텐데.

곧 수업이 시작되었고, 책상에 엎드려 본격적으로 잠을 청했다.

"저기, 나기도 깨우는 게 좋지 않을까?"

교실을 나가려던 여학생 세 명 가운데 한 명이 멈춰 섰다.

다음 수업은 화학실로 이동해야 하는데, 반의 괴짜 나기 세이시로는 여전히 잠들어 있었다.

지난 시간부터… 아니, 그 전부터 계속 자고 있었던 것 같다.

마음 약한 성격의 여학생이 깨우려 했지만, 갸루 타입 학생이 비명을 질렀다.

"꺄아~! 안 돼! 나기 세이시로랑 얘기하면 저주받는다잖아!

목소리만 들어도 불행이 찾아온대! 내 친구는 나기한테 말을 건 다음 날 남친한테 차였다니까! 나기 세이시로에게는 나쁜 기운이 몰려 있다나! 악마의 자식이야!"

"뭐? 싫어, 그건 좀!"

나기의 책상에서 마음 약한 학생이 빠르게 물러났다.

"뭐? 나는 나기랑 이야기하면 행복해진다고 들었는데~? 나기랑 이야기한 애가 잘생긴 남자랑 사귀게 됐다나♡ 걸어 다니는 파워 스폿이라는 소문이 있어."

귀엽게 생긴 여학생이 황홀한 표정으로 공상하듯 말한다.

"대체 뭐가 맞는 거야?! 서로 말이 전혀 다르잖아!"

여학생 셋은 나기를 지그시 관찰했다.

키가 크고 얼굴은 잘생겼다.

자는 얼굴은 그럭저럭… 아니, 꽤 귀여울지도?

공부는 꽤 잘하는 편이라 관심이 아예 없는 건 아니다.

하지만 너무 괴짜다.

"……."

세 사람은 서로 얼굴을 마주 보았다.

이야기하면 저주받는 악마의 자식?

아니면 걸어 다니는 파워 스폿?

세계사

결국 '저주설'이 승리를 거두었고, 나기는 혼자 교실에 덩그러니 남게 되었다.

"말도 안 돼…."

"대체 얼마나 졸려야 오전 내내 잘 수 있지?!"

"혹시 죽은 거 아니야?"

수업이 끝나고 교실로 돌아온 세 사람은 경악했다.

나기는 완벽하게 똑같은 자세로 곤히 잠들어 있었다.

도중에 잠에서 깨 허겁지겁 들어오거나, 포기하고 어디서 시간을 때우고 있지 않을까 했는데, 설마 계속 자고 있었을 줄이야.

"잠만○도 아니고…!"

갸루 타입 여학생이 부들부들 떨었다.

이렇게 나기는 더욱더 괴짜 취급을 당하게 되지만….

그런 건 아무 상관 없었다. 초여름의 포근한 햇살은 잠든 나기에게 딱 좋았다.

관심 없거든

여름이 왔다. 태양을 보면 기운이 빠지고, 그러면 졸리다.

그런 이유로 오늘도 나기는 책상과 한 몸이 되어 잠들어 있었다.

기분 좋게 낮잠을 즐기는데 누가 책상을 똑똑 치는 바람에 깨어났다.

"흐어?"

고개를 들자 백발에 검은 테 안경을 낀 시험 감독 선생님이 떨떠름한 표정으로 나기를 노려보고 있었다.

'아… 시험 보는 중이었지.'

고등학교 입학 후 세 번째로 보는 평가 시험.

팔 아래 있는 사회 시험지가 구깃구깃해져 있었다.

빈칸을 다 채운 시험지를 보여 주자, 시험 감독은 더 언짢은 표정을 짓더니 나기의 자리에서 떠나갔다.

"흐암…."

사각사각 하는 빠른 펜 소리에 나기의 하품 소리가 더해졌다.

다들 진지한 표정으로 필사적으로 풀고 있다. 분명 등만 보이는 녀석들도 같은 표정을 짓고 있겠지.

학교에서 공부하고, 방과 후 학원에서 또 공부한다나 보다.

밤에 자는 시간을 줄여 가며 공부하는 녀석도 있다나 뭐라나.

나기는 학원은커녕 따로 시험공부 한 번 하지 않았다.

노력하지 않아도 사회 과목은 쪽지 시험을 포함해 거의 만점을 받았다.

가끔 "뒤에서 몰래 공부하고 있지?"라는 비아냥을 듣긴 하는데 그게 무슨 뜻인지 통 모르겠다.

뒤에서 몰래 하는 게 아니다. 애초에 공부 따위 안 한다.

'뭐 때문에 저렇게 필사적으로 덤비는 거지?'

고등학교 입학 이후로 줄곧 신경 쓰이던 소박한 질문이다.

누군가를 이기고 싶어서?

누군가에게 지기 싫어서?

다들 자꾸만 자신을 타인과 비교하려고 하네….

공부니, 스포츠니, 인기니, 근육이니.

남들과 경쟁하는 거에 무슨 의미가 있나?

싸우려 들지를 않나, 눈치를 보질 않나, 자기 가치를 발견하길 원하고.

인간은 이상해. 그냥 살면 그만 아닌가.

굳이 서로 경쟁하고 주도권 쟁탈전을 벌이는 건, '나는 특별하고 선택받은 존재'라고 믿고 싶어서인가….

하지만 '특별한 존재'이고 싶어서 노력한다는 건 이미 '특별한 존재'도 뭣도 아니라는 걸 증명하는 느낌이다.

그건 처음부터 재능이 없다는 뜻이니까….

"흐아암…."

나는 경쟁에 관심 없어.

그런 나에게 아무도 관심 없을 테고.

…왜 내가 이런 생각을 했더라?

뭐, 나는 편하게 살 수 있으면 그만이니까. 귀찮아.

딩동댕….

벨이 울리고 "우와, 큰일이다!" "진짜 이걸 어떻게 푸냐!" 하는 비명이 터져 나온다.

며칠 후, 이때 본 사회 시험 결과를 받았다.

나기의 점수는 97점, 학년 톱이었다.

구기 대회

9월. 달력상으로는 가을이지만 도쿄는 아직 더웠다.

'더운 날씨에 기숙사까지 걸어가기 귀찮아…. 누구 업어 줄 사람 없나.'

비교적 진지하게 그런 생각을 하고 있는데.

교실 한가운데에서는 운동부원이며 인싸들이 모여서 소란스럽게 떠들고 있었다.

다음 달에 있는 2학기 최대 규모의 이벤트 구기 대회. 운동신경 좋은 사람에겐 말 그대로 자신을 어필할 자리였다. 연습이며 작전이며 멤버를 정하겠다고 열심히 이야기 중이었다.

"나기, 넌 키가 크니까 배구로 한다?"

뭐든 상관없었기에 따로 희망을 제출하지 않았더니, 남자 배구 멤버로 동원되었다. 주장은 한 학기 동안 옆자리에 앉았던 인싸 동급생이다.

"저 녀석 괜찮은 거지? 키만 크지 아무 도움 안 될 것 같은데."

"저 정도 키면 위협은 되겠지!"

그런 대화가 오갔다.

언제 봐도 잠만 자는 녀석, 게임만 하는 집돌이.

전력이 될 거라는 기대를 아무도 안 하는 게 당연했다.

머릿수로 동원된 것뿐인지 연습에 한 번도 참가하지 않았지만 뭐라고 하는 사람도 없이, 나기는 구기 대회 당일을 맞았다.

"뭐?! 너 규칙도 몰라?! 정말?"

구기 대회에 진심인 무리가 깜짝 놀란다.

배구에는 관심이 없어서 몇 점을 따면 이기는지 기본적인 것조차 몰랐다.

"발목이나 잡지 마~ 우리는 매일 방과 후에 연습했거든."

그렇게 말한 주장이 팀 조끼를 떠넘겼다.

그럼 빼면 될 텐데…라고 생각했지만, 한 사람이 한 번은 반드시 참가해야 한다는 규정이 있는 듯했다.

“그냥 가만히 서 있으면 돼. 공이 오면 점프해서 막아. 뒤로 물러나서 방해만 안 하면 돼.”

“응….”

대강 설명을 듣고 코트에 선다.

‘빨리 돌아가야지….’

한 시합만 나갔다가 바로 돌아가자.

그렇게 생각했지만 나기의 예상대로 되지 않았다.

3연속 승리한 끝에 놀랍게도 결승까지 진출했다. 나기는 쭉 멤버로 들어가 있었다.

“역시 키가 크면 유리하네! 점프 없이도 막는 건 치트 아니냐!”

“공이 가는 곳에 우연히 있다니까~ 정말 운도 좋지!”

등을 철썩철썩 얻어맞으며, ‘아파…. 이제 돌아가고 싶어….’라고 생각했다.

나기는 ‘가만히 서 있으면 돼’라는 주장의 지시대로 코트 가운데 서 있기만 했다. 공이 오면 시킨 대로 막고 상대 팀 코트로 받아쳤다.

다만 그것이 '손을 뻗었는데 우연히 막힌 것'처럼 보일 뿐.

저렇게 멀쩡하게 힘 하나 들이지 않고, 날카로운 스파이크를 손바닥으로 쉽게 받아치다니. 초보자에게는 도저히 불가능한 일이라고 다들 생각 중인 것이다.

실제로는 나기가 경이로운 반사 신경으로 손이 닿는 범위 내의 공에 빠르게 반응, 정확하게 반격하고 있었던 것이다.

인간은 자신이 상상할 수 있는 것만 이해한다.

그래서 아무도 나기가 대단하다는 사실을 알지 못했다.

나기 덕분에 팀은 아슬아슬한 게임을 이기고 결승전까지 올라왔다. 만약 나기가 없었다면 일찌감치 패배했을 것이다.

한 번 이길 때마다 관중이 늘었고 결승전을 앞둔 지금, 체육관에는 사람이 넘쳐 났다.

주장이 허리에 손을 얹고 사기를 북돋운다.

"상대 팀은 강하다. 1회전부터 무난하게 여기까지 올라왔지. 하지만 우리에게는 팀워크가 있어. 포기하지 말고 끝까지 파이팅! 여기까지 온 이상 꼭 이기자! 긴장감에 짓눌리지 마! 우리는 할 수 있다!"

팀원끼리 원을 짜고 "오~!" 하고 소리를 높였다(나기는 빠졌지만).

"잘해~!"

"파이팅♡"

통로에서 귀여운 여학생 그룹이 손을 흔들었고, 절묘한 각도로 흰 다리가 드러나자 멤버들이 콧구멍을 벌름거렸다.

"무슨 일이 있어도 이기자!"

"좋아!"

'으윽… 그만 가고 싶은데.'

경기에 진심인 무리에게는 최고의 무대겠지만 나기에게는 살짝 지옥에 가까웠다.

그리고 상대 팀은 강했다. 전부 키가 큰 데다, 유독 장신인 두 사람이 배구부 소속인지 계속해서 스파이크를 날렸다.

"좋았어!"

"이 정도야 뭐!"

현역 배구부를 중심으로 한 장신 팀이다.

압도적으로 불리하지만 나기의 팀도 물고 늘어졌다.

여학생들의 성원 덕인지 경이로운 집중력을 발휘하여 실력 이상의 멋진 플레이를 보여 주고 있었다.

1세트와 2세트는 내줬지만, 기적적으로 리시브를 이어 가서 다음 세트를 연달아 가져왔다.

그 결과.

'…끝이 안 나.'

놀랍게도, 풀 세트에 돌입하는 접전이 벌어졌다.

흔히 볼 수 없는 뜨거운 경기에 관중은 순식간에 늘어났다.

5세트도 주거니 받거니 하며 뜨겁게 이어졌다.

언제 끝나는지 나기가 슬쩍 득점판을 보니 14-15다.

"1점 남았어! 1점 남았어! 1점 남았다고!"

똑같은 티셔츠를 입은 나기의 동급생들이 어깨동무와 함께 소리 높여 응원을 보냈다.

그 응원 리듬에 (나기를 제외한) 선수의 집중력이 날카롭게 다듬어진다. 땀이 코트 위에 똑똑 떨어진다.

그리고 응원 덕에 겨우 나기는 깨달았다.

'…1점만 더 따면 이긴다고?'

배구의 마지막 세트는 15점 선취로 14-14 동점이 되면 듀스가 되며, 2점 차가 나야 승리하게 된다.

나기는 생각했다.

'1점만 더 따면 집에 갈 수 있어. 게임, 할 수 있어.'

코트의 긴장감에 나기의 긴장감도 더해진다.

파앙!

봄에 나기를 우습게 봤던 농구부 막내가 강력한 서브를 날린다. 그 후로 묵묵히 훈련에 몰입했는지 어깨와 등이 딱 벌어져 있었다.

상대 팀 리베로가 점프해서 리시브하자 "됐다!" "잘한다!" 하고 귀를 찌르는 듯한 환성이 터져 나온다.

세터가 공을 높이 띄웠고 어태커가 그에 맞춰 도움닫기를 하자 신발과 바닥이 마찰하는 소리가 났다. 활을 있는 대로 당기는 듯 근육이 약동한다.

"온다!"

"무슨 일이 있어도 받아!"

아군은 강력한 스파이크가 올 것에 대비해, 중심을 낮추며 엉거주춤한 자세로 수비에 임했다.

상대 팀 어태커가 투지를 불태우며 힘껏 점프한다.

그리고….

토옹.

다섯 손가락을 이용해 공을 부드럽게 떨어뜨렸다.

"페인트다!"

동급생들의 응원이 절규로 변했다.

공은 아무도 없는 곳에 느리게 떨어져 갔다.

나기 옆에서 블로킹을 위해 점프한 주장이 경악하는 표정을 지으며 그것을 지켜본다. 아무도 반응할 수 없는 완벽한 위치.

'…이 공을 못 받으면 시합을 더 해야 하지?'

그건 싫다.

나기는 훌쩍 왼쪽 다리를 뻗었다.

'으음, 저 녀석한테 주면 되지?'

공이 바닥에 떨어지기 직전에 발등으로 부드럽게 차올렸다.

딱 세터 머리 위로 떨어지게끔.

"우와?!"

세터가 놀라면서 토스를 띄웠다.

"오오?!"

주장이 간신히 반응했고, 상대의 코트로 받아친다.

토옹.

어설픈 스파이크가 멀뚱히 서 있는 상대 팀 정중앙에 꽂혔다.

완벽하게 먹힌 줄 알았던 공이 갑자기 돌아오는 바람에 아무 반응도 하지 못한 것이다.

통, 통, 토옹….

잠깐의 침묵이 흐르고 "삐익!" 하는 호루라기 소리가 체육관에 울려 퍼졌다.

그 순간, 절규가 환희의 비명으로 변했다.

"됐다아아아아아!"

주장이 양쪽 주먹을 불끈 움켜쥐며 승리 포즈를 취한다.

"우와! 대단한데!"

"꺄~! 축하해!"

체육관이 흔들릴 만큼 큰 환호성이 울렸다.

엄청난 흥분 속에서 나기 혼자 약간 주춤해 있었다.

'음… 고작 이런 걸로 저렇게까지…. 좀 창피한… 느낌이.'

우승에 열광하는 다른 동급생들이 땀에 절은 몸으로 서로를 부둥켜안았다. 여학생들도 서로 얼싸안고 폴짝폴짝 뛰며 기쁨을 드러냈다.

"운이 좋았네! 딱 나기 다리에 맞다니!"

"배구에서 트래핑이라니, 웃긴다!"

"아니, 하지만 규칙상 발을 쓰는 건 허용돼!"

다들 우연히 거기 있던 나기의 발에 맞은 공이 우연히 세터가 있는 위치로 간 거라 생각하고 있었다.

"제길, 분하다~!"

"저건 그냥 얻어걸린 거잖아!"

네트 너머에서 중얼중얼 불평하는 소리가 들린다.

상대 팀은 자존심에 금이 갔는지 이를 악물며 속상해하고 있었다.

'분해…?'

왜? 나기는 의아해졌다.

'왜 다들 이렇게 기뻐하고, 속상해하는 거지…?'

기쁨을 온몸으로 표현하는 팀원들의 마음, 분함을 표현하는 패배자들의 마음. 양쪽 다 나기는 이해할 수 없었다.

이기면 기쁘고 지면 분하다.

스포츠를 하는 인간이라면 당연히 가지고 있는 이 마음을, 나기는 압도적인 잠재력으로 인해 느끼지 못하고 있었다.

아마 어른이 유치원생과 달리기 경주를 해서 이겨도 기쁘지 않은 것과 같은 이치겠지.

주변 사람들과 나기의 결정적인 차이였다.

열광의 도가니 속에서 나기는 살며시 체육관을 빠져나왔다.

밖도 덥지만 바람이 부니까 그나마 낫다.

"아~… 피곤해…. 누가 좀 업어 줘…."

나직한 혼잣말은 누가 듣기도 전에 사라졌다.

'이기니까 길어진 거네. …내년에는 정말 서 있기만 하자….'

선인장을 키우다

다시 벚꽃의 계절이 돌아왔다. 나기는 2학년이 되었다.

게임이나 하며 빈둥빈둥 살고 싶다.

학년이 바뀌어도 나기의 이런 마음만은 굳건했다.

나기는 변하지 않았지만 주변은 변했다. 한층 더 열성적으로 말이다.

"애가 네 여친이야? 예쁘게 생겼네."

"허락도 없이 남의 폰을 왜 보냐~"

"우와, 벌써 다음 주가 신인전이네!"

"파이팅! 반드시 이기자~!"

고등학생 중에서도 유독 2학년은 특별한 학년이다.

3학년이 되면 수험에 집중하게 되므로 그 전에 부 활동, 연애, 알바, 문화제, 그 밖의 청춘 느낌이 나는 갖은 이벤트를 마음껏 누리고 싶다.

의식 여부와 무관하게 다들 고등학생다운 삶을 누리려 애쓰고 있었다.

한마디로 말하자면 빛나 보였다. 열일곱 살이니까.

물론 나기는 그런 분위기에서 빠졌고, 쉬는 시간에는 혼자 게임을 플레이했다.

오늘도 건물 내 계단에 걸터앉아 스마트폰을 꺼냈다.

투콰앙!

폐가에서 나오는 적 팀 플레이어를 자동차 뒤에 숨어 저격했다. 선글라스를 낀 불끈불끈한 마초 군인이다. 조준기로 표적을 겨냥해 연사로 해치웠다.

[Sit!] [Kill!]

적을 추격하며 차와 오두막 등, 장애물을 잘 활용해 가며 요란하게 사격한다.

그때 나기는 문득 깨달았다.

'벌써 일주일 정도 아무하고도 얘기를 안 했네….'

현실에서는 물론 게임에서도 나기는 친구를 사귀지 않기에, 거의 입을 열 일이 없었다.

그게 불편한 건 아니지만, 역시 문제 아닐까? 그런 생각이 들었다.

'사회에서 살아갈 거면 최소한의 커뮤니케이션은 해야지. 아니면 인간으로서 끝장이야….'

나기의 경우, 외롭다거나 누군가와 이야기를 하고 싶은 게 아니었다. 하지만 말하는 법을 잊어서도 안 되니까 말이다.

아니, 사회에 진출해서도 그것 때문에 문제가 생기지 않는 한 상관은 없다.

하지만 분명 문제가 생기겠지.

"…아, 맞았다."

화면에 [GAME OVER]라는 문자가 떠오른다.

대화 하나 없이 보낸 시간이 2주일을 넘기자, 나기는 한 가지 결단을 내렸다.

하굣길에 일부러 빙 돌아서 꽃집에 들렀다.

고등학생답게 제대로 좀 해 보자.

최소한의 커뮤니케이션 능력은 유지하자.

하지만 그것 때문에 굳이 친구를 사귀는 수고를 하고 싶지는 않았다. 여자 친구는 말할 것도 없다.

가능하다면 인간이 아닌 것으로. 그렇다면 남는 건 애완동물뿐.

그중에서도 최대한 귀찮게 하지 않는 것이 좋다.

강아지나 고양이는 기숙사라 키울 수 없고, 기르더라도 돌볼 자신이 없었다.

새, 햄스터, 금붕어, 송사리, 장수풍뎅이도 안 된다. 나도 끼니를 챙기기 귀찮은데 애완동물 끼니까지 챙기기는 도저히 무리다.

스마트 스피커나 펫 로봇도 생각해 봤지만, 사 봤자 아마 방치할 테니 의미가 없었다.

대화 상대는 생물의 카테고리에만 들면 된다.

그렇게 생각하고 식물로 정했다. 방에 식물이 있으면 분명 고등학생답고 괜찮을 것이다.

그렇게 크지 않은 동네 꽃집. 딸랑 소리와 함께 문을 열자, 색색의 꽃가지들이 금속제 양동이에 꽂혀 있었다.

"어서 오세요~"

계산대에서 꽃다발에 쓰는 듯한 리본을 감고 있던 여성 점원이 싹싹하게 맞아 주었다.

두리번두리번 주변을 살피다가, 나기는 깨달았다.

봐도 종류를 전혀 모르겠다.

하지만 딱히 몰라도 되겠지.

"제일 귀찮지 않은 걸로 주세요."

"…네?"

"…귀찮게 하지 않는 식물과 소통하려고요."

"…아… 네에…. 그러면 선인장은 어떠세요?"

점원은 고개를 갸웃하면서도 익숙한 몸짓으로 선인장 화분을 나열해 둔 선반으로 나기를 안내했다.

동글동글한 녀석도 있고, 가시가 길고 조금 뾰족한 녀석도 있고, 영화 속 사막 신에 나올 법한 녀석도 있었다.

"전부 손은 거의 안 가요. 어떤 분이시든 쉽게 키울 수 있죠. 아, 이런 건 어떠세요?"

여러 개의 선인장 중에서 점원이 추천한 것.

약간 애완식물 느낌이 난다…. 그냥 이름에 '토끼'가 들어가서 그런 것뿐일 수도 있지만… 이름은 '토끼 귀 선인장'이었다.

납작한 토끼 귀 모양을 한 선인장. 연한 초록색에 희고 뾰족한 가시, 나기의 손바닥 정도 되는 크기다.

"해가 잘 드는 창가에 두고 물은 흙이 말랐을 때나 주면 돼서 편해요. 오히려 물을 너무 많이 주거나 너무 가꾸면 좋지 않으니, 기본적으로는 그냥 두시면 돼요."

"이걸로 주세요."

바로 결정했다. 토끼 귀 선인장을 집으로 데리고 돌아와 창가에 두었다.

'애완식물이니까… 이름을 붙이는 게 낫겠지.'

토끼 귀와도 비슷하지만 가위바위보 할 때의 가위 같기도 했다.

그런 심플한 이유로 '쵸키※'라는 이름을 붙였다. 아무 생각 없이 붙인 이름이지만, 이름을 붙이니 애착이 샘솟는다.

그날 밤 "잘 자." 하고 쵸키에게 말을 건넸다.

쵸키는 뾰족한 가시를 세운 채 아무 답도 하지 않았다.

인간에게 인사하는 건 귀찮지만, 선인장에게는 가능하다.

'응, 이제 알찬 고등학교 생활을 보낼 수 있겠어….'

이렇게, 나기는 '최소한의 커뮤니케이션 능력을 유지한다'라

※쵸키 : 일본어로 '가위'를 뜻하는 단어.

는 미션을 클리어(?)했다.

진로

쇼키를 키우기 시작한 후로 나아진 것.

아침에 약한 나기를 매일 아침 깨워 준다.

알람 시계가 띠리리리, 요란하게 울리자 깊은 잠에서 깨어났다.

"음냐…."

손을 뻗어서 끈 뒤, 상체만 벌떡 일으켰다.

"좋은 아침, 쇼키."

인사 겸 쇼키의 가시를 콕콕 찔렀다.

'아야… 정신이 든다.'

희미한 통증에 반쯤 잠들어 있던 뇌가 각성한다.

잠에서 깨면 우선 게임부터.

다시 침대에 벌러덩 드러누워 게임기를 들었다. 뒹굴뒹굴하면서 적을 바쁘게 쏘는데 밖에서 출근이며 통학을 하는 사람들의 소리가 들려왔다.

가능하다면 이대로 게임하고, 자고, 일어나서 다시 게임을 하고 싶었다.

그 쾌적한 무한 루프를 실현하려면.

'…진로, 라….'

똑같은 생각을 2년 전에도 한 것 같았다.

2학년이 되었으니 이과인지 문과인지를 정하고, 코스를 선택해 진학하고자 하는 대학을 정해야 했다.

성가신 장래가 한 걸음 한 걸음 다가온다.

나기는 물욕이 전혀 없어서, 커다란 집도 고급차도 필요 없었다.

원하는 건 게임을 위한 공간과 시간.

자신의 스펙으로 힘들이지 않고 돈을 번 뒤, 최대한 일찍 은퇴해서 게임 방에 박혀 살고 싶다….

그런 장래를 상상하는 사이 총을 맞아 사망했다.

'슬슬 일어나야지….'

얼마든지 뒹굴뒹굴할 수 있지만 학교는 제대로 나간다. 게임만 해서는 안 된다는 걸 알고는 있었다.

우선 아침 식사. 젤리 음료다. 식사를 준비한다는 생각은 머릿속에 아예 없고 먹는 것도 귀찮아서, 집에서 식사할 때는 젤리 음료로 때웠다.

씹을 필요가 없고 소화할 필요도 없기 때문이지만, 요즘은 이것조차 먹기가 귀찮다.

'왜 인간은 배가 고플까…. 배가 고프지 않으면 먹지 않아도 될 텐데.'

안 먹으면 이도 안 닦아도 되고, 화장실에 갈 필요도 없어진다.

아무리 생각해도 장점뿐인데, 속이 비어 꼬르륵~ 소리가 나자 하는 수 없이 젤리 음료로 배를 채웠다.

'씻는 것도 옷을 갈아입는 것도 귀찮아…. 나도 쵸키처럼 물만 먹고 살 수 있다면… 인간은 광합성 같은 거 못 하나….'

넥타이를 매기 귀찮아서 블레이저 안에는 셔츠가 아닌 후드티를 입었다.

"다녀올게."

쵸키의 배웅을 받으며 기숙사를 나섰다.

'아아~ 학교가 없으면 좋을 텐데~ 귀찮아….'

이제는 사는 것 자체가 귀찮은 나기였다.

"나기 세이시로, 나중에 교무실로 오거라."

국어 시험에서 낙제하는 바람에(재미없어서 죽은 듯이 잤다), 결국 담임에게 호출당했다.

작년 담임인 잇시키 선생님이 아니라 올해는 배가 불뚝 나온 땀이 많은 남자 선생님이다. 조금 불편했다.

"나기, 너는 하면 할 수 있는데 왜 안 하는 거냐? 장래희망 정도는 있지? 어떤 대학에 가더라도 지금부터 노력해야 해. 선생님은 나기가 노력하면 일류 대학도 거뜬히 갈 수 있다고 본다. 지금이 중요한 시기야."

서류가 산더미처럼 쌓인 책상에 앉아, 손수건으로 얼굴의 땀을 훔치며 담임은 나기를 올려다보았다.

2년쯤 전에도 같은 말을 들은 것 같은데?

"좀 더 진지하게 장래를 생각해 봐."

데자뷔인가 싶을 정도로 똑같은 말을 듣고 나서야 나기는 해방되었다.

월간 행사 예정표
날짜
요일
1 2 3 4 5 6 7 8 9 10 11 12 13 14 15
월 화 수 목 금 토 일 월 화 수 목 금 토 일 월
행사
출장 등

'…장래….'

대학 안내 포스터가 붙은 복도와 문제집을 읽으면서 걷는 학생, 학습용 공간에 빈자리가 없는 도서실.

교무실을 나와 세 걸음 정도 걸었더니, 앞날을 생각하기 귀찮아졌다.

'다들, 왜 저렇게 노력하지….'

담임은 세상에 진짜 천재가 있다는 걸 몰랐다.

그리고 나기가 타고난 천재라는 것도.

나기는 아직 자각하지 못한 천재다.

노력하지 않아도 해낸다.

공부도 외우려고 하면 외울 수 있다.

반 애들처럼 필사적으로 공부할 필요가 없었다.

다른 학생들과 하나로 묶을 수 있는 존재가 아니었다.

게다가 노력해야만 가질 수 있는 것이라면 나기는 바로 포기할 것이다. 그만큼 원하는 걸 아직 만나지 못했다.

그렇기에 '파이팅'이라고 해도 나기는 '?' 하고 고개를 갸웃할 뿐이다.

노력해야만 하는 평범한 사람이 타고난 천재인 나기를 이해하는 것은 불가능.

보는 세계가 다른 것이다.

이 틈은 매우 깊다.

그런 것조차 나기는 아직 모르지만 말이다.

'뭐 됐다. 게임이나 하자.'

늘 앉는 계단에 앉아 주머니에서 스마트폰을 꺼냈다.

반 애들이 공부며 부 활동이며 연애에 총력을 기울일 때, 나기는 담담히 플레이를 이어 온 끝에 총 플레이 타임이 2천 시간을 넘겼다.

필드를 분주히 뛰어다니며 상대 플레이어를 탕탕 쏜다. 오른쪽 사이드, 왼쪽 사이드, 서서 쏘기로 연사해 차례차례 제거한다.

게임 세계에 푹 빠져 있는데 쿵 하고 옆구리에 충격이 퍼졌다.

나기가 위에서 볼 때 사각인 계단 구석에 앉아 있는 바람에, 내려온 사람과 부딪힌 것이다. 보라색 머리의 누군가와.

그 충격에 나기의 몸이 앞으로 굽었다.

손에서 스마트폰이 튕겨 나간다.

"아, 미안…."

본의 아니게 나기를 걷어찬 보라색 머리가 사과했다.

동시에 나기는 스마트폰을 쫓아 계단에서 점프했다.

만남

'헉, 폰 망가지겠다.'

화면이 깨지면 게임을 할 수 없다. 그건 곤란하다.

발끝에 힘을 팍 준다.

타앙!!

스마트폰을 따라 계단에서 거의 준비 동작 없이 점프했다.

열일곱 단이나 되는 계단을 무릎을 굽힌 자세로 단숨에 뛰어내렸다.

"어?"

걷어찬 보라색 머리는 굴러떨어졌나 싶어 당황했다.

하지만 아니었다.

나기는 오른발을 뻗는다.

바닥에 충돌하기 직전인 스마트폰에 아슬아슬하게 닿았다.

가죽 구두 끝에 스마트폰이 툭 하고, 기묘할 정도로 부드럽게 착지한다.

동시에 왼 무릎과 오른손으로 착지할 때의 충격을 흡수했다.

튕기지는 않았고 스마트폰은 발끝에서 멈추었다.

'대박! 나이스 트래핑!'

부딪힌 보라색 머리 미카게 레오(御影玲王)는 충격을 받았다.

방금 그 동작은 축구로 따지면 트래핑.

날아온 공을 자기 몸 일부로 받아 컨트롤하는 테크닉이다.

게다가 발끝으로 받은 스마트폰을 손으로 패스까지.

"오, 세이프. 아직 살아 있네."

어마어마한 기교를 보여 주고도 나기는 평소처럼 스마트폰만 보고 있었다.

"저기… 대단하구나, 너! 축구부야?!"

계단을 황급히 뛰어 내려오는 소리와 함께 흥분한 목소리가 들린다. 말을 걸었음에도 나기는 화면에서 눈을 떼지 않았다.

"아, 죽었다."

"정체가 뭐야?! 나랑 축구할래?"

죽었으니까 겨우 목소리의 주인을 본다.

말을 건 녀석은… 알고 있다.

날카로운 눈매에 기가 세 보이는 얼굴, 어디라고 꼽을 수는 없지만 좋은 환경에서 자란 티가 났다.

나기는 누구에게도 관심이 없었지만, 학교에서 가장 눈에 띄는 학생이라 자연스레 알고 있었다.

"아, 부잣집 아들내미잖아. 돈 좀 줘."

뭐, 이 정도 정보밖에 없지만.

"뭐?"

레오는 당황했다.

미카게 레오, 총자산 7,058억 엔을 자랑하는 미카게 코퍼레이션의 후계자.

태어나면서부터 유명 인사이며 본인 역시 뛰어난 용모에 명석한 두뇌, 나무랄 데 없는 운동 신경을 가진 슈퍼맨이다.

알랑거리는 사람은 많이 봐 왔지만, 이런 반응은 지금껏 경험해 보지 못했다.

"축구 같은 건 안 하고, 스포츠 자체를 해 본 적이 없어. 난

평생 빈둥빈둥 살고 싶거든. 돈 좀 줘."

나기는 일단 말해 보면 줄지 모른다는 생각에 손을 가지런히 모아 내밀었다.

그 반응 역시 레오에게는 충격이었다.

'뭐야, 이 녀석?! 축구는 문외한…?!'

감정이 마구 흔들린다.

고도의 트래핑 기술을 가진 프로도 계단에서 점프하며 스마트폰을 트래핑하는 건 분명 불가능할 것이다.

"잠깐, 방금 보여 준 트래핑과 그 체격! 너에겐 분명 재능이 있어!"

…갑자기 바싹 들이대는 상대를 보고 나기는 살짝 주춤했다.

"나랑 같이 축구하자!! 노력하면 프로도 꿈은 아니야!"

노력하면 ×××도 꿈은 아니다.

노력하면 진학교도 얼마든지 갈 수 있다, 노력하면 분명 주전까지 갈 수 있다, 노력하면 일류 대학도 거뜬히 갈 수 있다.

여러 번 들어 봤지만 이해할 수 없는 말들.

그렇다 보니 역시 이런 생각이 들었다.

"노력하지 않으면 안 된다니, 축구는 참 귀찮네."

레오의 눈이 동그래진다.

이해할 수 없다는 이 표정 역시 나기는 지금까지 여러 번 봐왔다.

“귀찮은 건 질색이야. 움직이기 싫어.”

고개를 홱 돌리고 다시 게임 플레이로 돌아갔다.

계단 맨 아랫단에 앉아서 다시 자신만의 세계에 집중한다.

한동안 얼어 있던 레오는 자신의 안에서 솟구치는 흥분을 주체할 수 없었다.

‘재능이 있는데도 자각은 없는 건가, 이 녀석…?!’

나기에게는 별것 아닌 일이다.

외우고 싶으면 외울 수 있듯, 그렇게 하고 싶을 때는 할 수 있다.

이유 따위는 없었다. 단지 그뿐이었다.

그 경이로운 잠재력을 알아차린 사람은 나기의 인생 중 레오가 최초였다.

선택받은 인간

미카게 레오는 '나만의 유일무이한 보물'을 끊임없이 갈망해 왔다.

미카게 코퍼레이션의 후계자라는 이름이면 원하는 것은 뭐든 가질 수 있다.

하지만 간단히 얻을 수 있는 건 재미없다.

그런 레오가 난생처음 원한 것이 축구 월드컵 트로피였다.

전 세계의 축구 팬들이 열광하는 월드컵.

나는 프로 축구 선수가 되어 월드컵에서 우승하겠어.

고등학생이 되어 비로소 진지하게 몰입할 만한 꿈을 찾았다.

하지만 부모님은 그 꿈을 짓밟으려 했다. 그동안 뭐든 주었으면서 레오의 꿈만은 빼앗으려 들었다.

"포기해라. 너는 내 후계자다. 그리고 축구 선수 같은 건 선택받은 사람만 될 수 있어. 지금부터 시작하는 너에겐 불가능해."

"아빠 말이 맞아, 레오. 일류 대학에 진학해서 일류 비즈니스맨이 되렴."

"널 생각해서 하는 말이야."

고작 그런 말에 포기할 생각은 없었다.

부모님을 찍소리도 못 하게 만들겠다. 그걸 위해 직접 이 고등학교를 전국 우승까지 이끌 것이다.

…하지만.

하쿠호 고등학교는 진학교로 유명한 곳이라 축구부는 약하다.

아무리 레오 개인이 뛰어나더라도 축구는 혼자 할 수 없다.

약소 축구부로 전국 대회 우승까지 가기엔 장기짝들이 압도적으로 부족하다.

"아아, 빌어먹을!"

생각하면서 어슬렁어슬렁 교내를 돌아다니다 우연히 나기와 부딪혔던 것이다.

레오는 눈앞에서 재능의 편린을 보았다.

아버지는 '축구 선수는 선택받은 사람만이 될 수 있다'라고 했다.

'여기 있잖아…. 선택받은 사람….'

레오가 원하던 것이 꼭 신께서 내려 주신 선물처럼 갑자기 눈앞에 나타난 것이다. 축구로 전국을 제패하기 위한 파트너가.

무표정, 무관심, 무기력 안에는 바로 레오가 원하던 재능이 숨어 있었다.

'이 녀석을 원해…!!!'

왠지 괴짜 같기는 하지만 그런 건 크게 상관없다.

아니, 오히려….

"재미있네! 넌 이대로도 좋아!"

갑자기 후계자가 몸을 바싹 들이댔다.

막무가내로 나기의 어깨에 팔을 올린다.

남에게 관심 없더라도 역시 이쯤 되니 나기도 레오를 바라보았다.

뭐가 그렇게 기쁜지 눈이 반짝거리고 있다.

무언가를 불태우고 있다.

…나를 보고?

그동안 살면서 남에게 관심을 가진 적도 없지만, 반대로 남이 관심을 준 적도 없었다. 선인장 쵸키도 나기에게는 묵묵부답이다.

"축구하자!"

아니, 안 할 건데.

그건 귀찮거든.

나기 세이시로, 장래의 꿈은 빈둥거리는 삶.

'뜨겁게 불타는 날'은 절대 오지 않을 것… 이었을 텐데.

미카게 레오를 만나기 전까지는 말이다.

바치라 메구루

Bachira Meguru

생일	8월 8일
별자리	사자자리
키	176cm
혈액형	AB형
출신	치바현

Bachira Meguru

바치라 메구루

메구루의 여름 방학

가자, 오사카로!

바치라 메구루(蜂楽廻), 고등학교 2학년.

연습 시합을 마치고 돌아오는 길, 여름의 해 질 녘은 아직 더웠다.

'축구가 즐겁지 않은 것 같아….'

작게 한숨을 내쉬었다.

오늘도 잔뜩 깨졌다.

"바치라, 어디에 패스하는 거냐!"

"아무도 없는 곳에 패스하지 마~!"

바치라의 패스는 아군의 머리를 훌쩍 넘어 아무도 없는 곳에서 굴러다녔다.

엄청나게 혼났지만 바치라의 상상에 따르면 패스할 곳은 거기밖에 없었다.

수비수가 예상하는 위치의 세 발짝 앞. 세계의 슈퍼스타라면 분명 거기서 슈퍼 스페셜 골을 넣을 것이다.

다만 그 이미지가 전해지지 않기에 다른 동료들이나 감독에게는 '영문 모를 패스'로만 보이는 게 문제였다.

'…왜 모르는 거지. …축구가, 즐겁지 않아.'

또 한 번 한숨이 나왔다.

"어서 오렴! …왜 그러니? 기운이 없네."

캔버스에 붓을 놀리고 있던 바치라의 엄마가 물었다.

"괜찮아, 좀 지친 것뿐이야."

바치라의 엄마는 화가로, 점프 슈트형 작업복과 이목구비가 또렷한 아름다운 얼굴은 늘 물감투성이였다.

캔버스에는 푸른 불꽃 같은 '괴물'이 그려져 있었다.

"정말 괜찮니? 내일부터 난 일주일 동안 집에 없는데…."

"괜찮고말고! 개인전 잘하고 와, 엄마."

어머니 바치라 유우(蜂楽優)는 '괴물'을 주제로 작품 활동을 이어 가고 있었다.

일렁이는 불꽃 속에서 날카로운 눈빛을 보내는 '괴물'.

해석은 사람에 따라 다르지만, 그림은 뛰어난 평가를 받고 있어서 올해는 오사카에서 '괴물전'이라는 개인전을 열게 되었다.

'…오사카…라. 나도 엄마 그림을 보고 싶은데.'

바치라는 '괴물' 그림이 정말 좋았다.

마침 지금은 여름 방학 중이라 수업도 없다.

침대에 벌렁 드러누워 스마트폰으로 '치바→오사카' 편도를 검색했다.

이것저것 검색하다 보니….

"뭐야! 국도 1호는 도쿄에서 오사카까지 이어져 있구나!"

놀랍게도! 국도 1호는 니혼바시에서 출발해 오사카에서 멈추는 것이다.

카나가와, 시즈오카, 아이치, 미에, 시가, 교토를 거쳐 오사카시까지 이어져 있었다.

『토카이도 도보 여행기』라는 에도 시대 책에서 야지 씨, 키타 씨가 에도를 시작으로 이세 참배를 떠난 토카이도라는 길을 기반으로 했다나.

'그럼 국도 1호를 따라가면 오사카까지 한 방에 갈 수 있다는 거지?!'

아니, 그렇게 간단한 이야기는 아니다.

국도 1호는 산과 골짜기가 있으며 총길이는 730킬로미터. 험난한 고개도 많아 야지와 키타도 에도에서 출발해 미에현 욧카이치시까지 12일이 걸렸다고 한다.

그러나 바치라의 머릿속에는 이미 오사카까지 가는 루트가 쭉 그려져 있었다.

'…좋은 생각이야♪'

다음 날 아침.

"일주일간 집 잘 보고 있으렴."

"응, 조심해서 다녀와."

바치라는 엄마를 웃으며 배웅했다.

그 모습이 사라진 것을 확인하고 곧장 나갈 준비를 했다.

배낭에 침낭과 지갑, 스마트폰을 휙휙 던져 넣는다.

"좋아! 이러면 준비는 끝~!"

이제 남은 건 축구공. 준비물은 그걸로 끝이다.

내 드리블로 오사카까지 가는 거야!

통, 하고 공을 가볍게 걷어찬 바치라는 치바의 집에서 나왔다.

'우선 국도 1호의 시작점, 니혼바시로 레츠 고♪'

바치라 메구루의 여름 방학, 드리블 여행이 시작된다.

국도 1호

'국도 1호'의 시작점은 도쿄도 주오구 니혼바시 '일본 도로원표(道路元標)'라는 기념비였다.

"흐음! 여기가 국도가 시작되는 곳이구나! 좋은데? 갑자기 즐거운걸♪"

치바에 있는 집에서 전철을 타고 도착한 시점에서 해는 높게 떠 있었고 기온도 상당히 높았지만, 바치라의 의욕도 그 못지않게 높았다.

마음을 새로이 하며 공을 차기 시작했다.

대도시의 고층 빌딩가.

정장 차림의 비즈니스맨을 유려한 드리블로 제치고 나갔다.

'이대로 계속 가자! 전속전진! 온몸으로! 전진!'

'국도 1'이라고 적힌 파란 교통 표식을 바라보며 주오도리에서 에이타이도리, 그리고 사쿠라다도리로 간다. 전동 킥보드를 타고 이동 중인 미남과 홀로 경쟁을 벌이다 승리, 도쿄 타워가 보일 즈음엔 더욱 흥분해 있었다.

"어이쿠, 적군이네."

지하철역에서 사람들이 쏟아지듯 우르르 몰려나오자 속도를 늦추었다.

홍보용 티슈를 나눠 주는 누나가 그 흐름을 끊을 수 없는 절묘한 위치와 타이밍을 노려, "받으세요." 하고 티슈를 내밀었다.

새빨간 미니스커트에 노란 셔츠는 바로 요 앞에 있는 노래방과 같은 배합의 색이다.

그때.

"꺄악!"

한 손에 스마트폰을 들고 뒤에서 오던 아저씨가 누나와 쿵 충돌했다.

중심을 잃고 비틀거리는 누나의 바구니에서 티슈가 우수수

떨어졌다.

'아앗?!'

허공에 내던져진 노래방 홍보용 티슈가 슬로 모션으로 보인다.

덥석, 덥석, 덥석!

그것을 하나도 빠짐없이, 바닥에 떨어지기 전에 잡았다.

바치라는 티슈를 오른손에 둘, 왼손에 하나 끼고 있었다. 게다가 허벅지와 발등에도 하나씩 올라가 있다.

"아, 핸들링인가. 뭐, 됐다! 여기요♪"

누나가 들고 있는 바구니 속에 티슈를 도로 넣었다.

"아… 고마워."

여성은 이 넓은 도시 한가운데서 여우에게 홀린 기분이 되었다.

'응? 마술? 기적? 초능력?'

무슨 일이 벌어진 건지 잘은 모르겠지만 어쨌든 살았다.

그리고 무엇보다.

'뭐지, 얘 엄청 귀엽게 생겼는데?!'

커다란 눈에 경계심 하나 없이 해맑은 미소.

뻗친 머리카락과 가지런한 앞머리 덕에 더욱 순수해 보였다.

여성… 엔기 요시코(延喜美子), 24세는 오랫동안 '내 타입은 손안에 쥐고 리드하는 연상의 남자'라고 공언했지만 이 해맑은 미소는 반칙이다.

"아! 잠깐!"

빠르게 떠나려 하는 바치라를 불러 세웠다.

답례라도 하고 싶다!라고 생각했지만, 줄 수 있는 건 이것뿐이다.

"미안, 혹시 티슈라도 받을래?"

"정말? 고마워♪"

기쁘다는 듯 그걸 받아 드는 바치라.

찌이이잉!

티슈야 값이 따로 없지만, 저 미소는 값을 매길 수 없다…!

'응! 나도 더 힘내 보자!'

배우가 되려고 아오모리에서 상경한 지 3년.

오디션은 보는 족족 떨어지고, 소속 극단에서는 단역만 준다.

이미 마음은 와르르 무너져 내렸지만, 고향으로 돌아갈 용기가 나지 않아 부지런히 알바라도 하는 중이었다.

하지만 오늘은 귀여운 남자아이 덕에 살아갈 힘을 얻었다.

"티슈요~! 노래방 어떠세요~!"

그리고 이다음 날, 요시코는 소속 극단 오디션에서 처음으로 주연 자리를 따냈다. 요시코는 "그 귀여운 남자아이의 힘인가? 어마어마한데…!" 하고 바치라에게 깊이 감사했다고 한다.

자신이 누나에게 힘이 되었다는 것도 모른 채 바치라는 국도 1호를 쭉쭉 나아갔다.

곧 고층 빌딩이 모습을 감추고 주택과 나무들이 늘어났다.

점점 건물이 낮아지고 국도의 폭은 넓어졌으며, 타마가와강을 지나 카와사키시로 진입했다.

치바에서 시작해 도쿄를 지나 카나가와에 순조롭게 도착, 그리고 날이 저물었다.

물론 밤에는 밖에서 잘 예정이다.

마실 물과 화장실, 침대(벤치)가 있는 공원을 찾아 그곳에 자리를 잡았다.

"아아! 피곤하다!"

침낭을 베고 벌러덩 드러누웠다.

'내일이면 오사카에 도착하는 거 아냐? 엄마도 깜짝 놀라겠지~?'

아니, 그럴 일은 없다. 아직 10분의 1도 못 갔으니까.

이 속도로 가면 오사카에 도착할 때쯤 엄마는 이미 치바로 돌아와 있겠지만, 그런 생각은 털끝만큼도 하지 못하는 바치라였다.

'내일도… 힘내자…. 쿠울.'

그대로 몸을 동그랗게 말고 깊은 잠에 빠져들었다.

'괴물'의 꿈

바치라는 어릴 적 꿈을 꾸었다.

친구들과 축구를 하며 노는 중이었다.

공을 가진 바치라는 친구 셋을 잇달아 제쳤다.

페인트에 다리 사이로 패스, 마지막에는 트래핑한 공을 뒷다리로 차올리는 기발한 플레이.

"BON♪"

왼발 뒤꿈치로 공의 중심을 찾고, 짜릿한 충격이 온몸에 퍼졌다.

파아앙.

상상한 대로 골이 들어가서 너무 즐거워!

…하지만 친구들은 전혀 즐거워 보이지 않았다.

"바치라는 너무 강해서 재미없어."

"축구는 그만하고 돌아가서 게임이나 하자."

왜? 왜 그런 말을 해?

"너희도 공과 하나가 되면 좋을 텐데! 그럼 엄청난 플레이를 할 수 있어! 축구보다 재밌는 건 없어!"

셋이 '그게 뭐냐?' 하는 표정을 지었다.

"기분 나빠."

"무서울 지경이네…. 눈이 맛이 갔어."

"가자. 축구로 머릿속이 완전 꽃밭이라니, 이 녀석 이상해!"

셋이 다 같이 등을 돌렸다.

"나… 난 이상하지 않아!"

갑자기 분한 마음이 들었다.

뻐억!

"크헉!"

정신을 차리고 보니 친구의 얼굴에 점핑 발리킥을 날리고 있었다.

"난 이상하지 않아!!"

너무너무 분해서 싸우게 되었는데….

"뭐?! 기분 나쁘거든?!"

"3대 1로 이길 것 같냐?!"

"그래! 해치워 버려!"

친구들의 반격에 흠씬 두들겨 맞았다.

"메구루는 이상하지 않아."

그렇게 말해 준 사람은 엄마였다.

"그치? 엄마. 분명 그 녀석들이 잘못된 거야."

"으음, 잘못된 건 아냐. 싸움은 안 되지만…. 네가 느낄 수 있는 걸… 그 애들은 느낄 수 없는 것뿐이란다."

콧등에 반창고를 찰싹 붙여 준다.

"그럼 어떻게 하면 돼? 난 같이 축구를 하고 싶을 뿐인데. 게임보다 훨씬 재밌단 말야."

왜 다들 모르는 거지?

"장하구나, 메구루! 자신이 믿고 싶은 존재가 있다는 건 훌륭한 일이란다. 그걸 믿으며 살아가면 돼."

엄마가 기쁜 듯이 웃으며 부드럽게 머리를 쓰다듬어 주었다.

"어른이 되면서 점차 다들… 믿고 싶은 걸 믿을 수 없게 되지. 들리지 않는 척하는 사이에… 자신의 목소리를 정말로 듣지 못하게 된단다."

엄마의 앞에는 커다란 캔버스가 있었다.

"…네가 믿고자 하는 건, 그만큼 덧없으면서도 소중한 존재…."

벽 같은 캔버스 위에 엄마가 붓을 놀린다.

"그건 자신의 마음속에 있는 '괴물'의 목소리란다. …엄마도 말이지, 계속 그 목소리를 믿고 있어."

'괴물'이 있었다.

어둠 속에서 일렁이는 불꽃 같은, 피어오르는 연기 같은 검푸른 '괴물'이.

'이것이 엄마 안에 있는 '괴물'…. 그럼 내 안에는 어떤 '괴물'이 있을까…?'

어린 바치라는 다시 축구를 하고 있다.

하지만 이제 친구는 없었다.

땅에 공을 내려놓으면 검푸른 불꽃이 일렁이며 나타난다. '괴물'이었다.

‘괴물’이 공을 가로챘다.

공을 뒤로 휙 찬다. ‘괴물’은 다시 공을 쫓았다.

“냐하하♪ 여기야, 여기!!”

공은 다리 사이에서 가볍게 튀더니 빙 돌아서 탁 멈췄다.

‘괴물’과 축구하면 너무너무 즐겁다.

엄마는 이 ‘괴물’이 ‘이매지너리 프렌드’라는 걸 알려 주었다.

다른 사람에게는 보이지 않는 바치라만의 친구라고.

다들 이상하다고 해도 ‘괴물’은 축구 상대가 되어 준다.

그러니까 너무 즐거워!

꿈속의 바치라는 중학생이 되고, 고등학생이 되었다.

“냐하하♪ 여기야, 여기!!”

쭉 ‘괴물’과 축구 중이다.

‘괴물’만은 바치라의 이미지를 알아주니까.

하지만….

벤치 위 바치라는 엄지를 빨면서 천진난만한 얼굴로 잠들어 있었다.

'…엄마, 난 갖고 싶어. 즐거운 축구를 함께할 수 있는 진짜 친구를….'

운 좋은 두 사람

그리고 다음 날.

끼기기긱! 타앙! 타다다닥….

요란한 브레이크 소리에 눈을 떴다.

공원 옆에 트럭이 서 있었고, 운전사인지 흰 수건을 머리에 감은 젊은 남성이 후다닥 튀어나와 화장실로 돌진하려는 참이었다.

필사적인 형상에서 다급한 하반신 사정이 엿보인다.

바치라는 "흐아암~" 하고 기지개를 켰다.

무슨 꿈을 꾼 것 같은데, 기억이 나지 않았다.

날이 좋은 것이, 오늘도 더울 것 같다.

"자, 가자!"

자리에서 일어나 공을 가볍게 차는데 화장실에서 비명이 들렸다.

"아악! 휴지… 휴지가! 왜 없는 거야!"

'…휴지?'

문득 바치라는 주머니를 뒤적인다.

…잔뜩 있었다. 어제 누나에게 받은 티슈가.

"꿈도 희망도 없다는 게 이런 거구나!"

바치라는 화장실 칸 속에서 비명을 지르는 남자 위로 "괜찮으면 쓰세요." 하고 티슈를 하나 던져 주었다.

"뭐?! 정말? 지옥에서 구세주를 만났구나! 아니, 휴지를 만났구나! 고맙습니다! 젠장, 난 운이 좋다니까! 아니, 휴지가 없는 시점에서 운이고 뭐고 신에게 버림받은 셈이지만!"

엄청나게 시끄러웠다.

바치라도 소변기에서 볼일을 보는데 쏴 하고 물 내리는 소리가 나더니, 남자가 벨트를 잠그며 나왔다.

"네가 구세주구나! 고맙다!"

바치라의 손을 잡고 붕붕 흔든다.

참고로 이 시점에서 둘 다 손은 안 씻은 상태.

남자는 싹싹함을 넘어 호방한 성격의 소유자인지 재잘재잘 잘도 떠들었다.

"와~ 덕분에 살았어! 갑자기 배가 아픈 거 있지! 공원 화장실을 발견했을 때는 거의 지리기 직전이었어! 겨우 살았다 했는데 이번에는 휴지가 없는 거야! 고맙다! 근데 넌 부 활동 가는 길이니? 더운데 고생이구나!"

"아니. 이제 드리블하며 오사카까지 갈 거야."

남자가 응? 하는 표정을 지었다.

"정말?"

"응, 그럼 잘 가!"

순수한 눈에서 진심이 전해진다.

오사카까지… 드리블로… 오사카까지….

"잠깐!"

이미 드리블을 시작한 바치라를 남자가 불러 세웠다.

"…나고야까지라면 태워다 줄게."

남자는 엄지로 트럭을 척 가리켰다.

"나도 그렇지만 너도 운이 좋구나~! 때마침 나고야로 가는 길이었거든! 이건 거의 운명 아닌가?"

단숨에 아이치현까지 국도 1호를 극적으로 가로질렀다.

남자의 이름은 하나시카 카즈야(花鹿一八), 28세.

트럭 운전사인데 나고야까지 짐을 옮기는 중이었다.

고속 도로에 진입하자 트럭은 부쩍 속도를 높인다.

"그런데 넌 이름이 뭐니?"

"바치라 메구루. 고2."

"그래! 난 하나시카라고 해! 내가 태워 놓고 할 말은 아니지만, 낯선 사람은 따라가면 안 된다고 배우지 않았니? 뭐, 나는 딱 보기에도 좋은 사람이지만!"

"낯선 사람 아닌데? 형 '어쩌라고즈' 맞지?"

"으엉?!"

바치라의 말에 하나시카가 크게 동요했다.

트럭이 크게 흔들리더니 쑥 하고 옆 차선으로 넘어갔다.

교통량이 적은 아침의 고속 도로가 아니었다면 높은 확률로 죽었을 것이다.

"뭐야… 혹시 너… 내 팬이냐?"

핸들을 움켜쥔 손이 떨리고 있다.

"아니♪"

웃는 얼굴로 바로 부정한다.

"어디서 본 것 같다고 생각했을 뿐이야. 그리고 대시 보드에 이런 게 있었거든."

대시 보드 위에는 지도며 잡지와 함께 라이브 전단지가 있었다.

〈폭소! 어쩌라고 하극상 개그 라이브!!〉

여러 사진 속에서 흰 정장에 반짝반짝한 금색 나비넥타이를 맨 진부한 스타일의 개그 콤비… '어쩌라고즈'가 씩 웃고 있다.

지금과는 전혀 다른 인상이지만 머리를 7:3으로 가른 쪽은 분명 하나시카였다.

"개그맨은 그만뒀구나~"

바치라의 말에 하나시카는 토라진 듯 얼굴을 찡그린다.

'어쩌라고즈'는 인기 없는 개그 콤비고 하나시카가 태클 담당이었다.

그러나 1년 전, 함께 무대에 서던 대본 담당 파트너가 술에 취해 거물급 연예인 험담을 SNS에 올리는 바람에 말 그대로 난리가 났다.

콤비인지라 하나시카도 같이 사과하게 되었는데, 그 사죄 기자 회견 자리에서 변명만 줄줄이 늘어놓는 바람에 또 난리가 났다. 바치라는 그 뉴스를 기억하고 있었던 것이다.

“제발 잊어 줘…. 나 참.”

하나시카는 손을 뻗더니 아쉬움이 남은 듯 간직해 두었던 라이브 전단지를 힘껏 구겨 버렸다.

“개그 세계는 말이야, 타고난 운을 가진 일부 사람만이 살아남을 수 있어. 나는 운이 없었던 셈이지.”

개그맨으로서 조금씩 찾아 주는 곳이 늘게 된 참에 터진 사건.

어릴 적부터 눈에 띄고 싶어 했고, 남을 웃기는 게 좋았다.

개그맨이라는 직업을 동경했고 오랫동안 TV 출연을 꿈꿔왔다.

그 꿈이 최악의 형태로 이루어진 것이다.

그 사죄 기자 회견에 남은 것은 후회뿐이다.

겁에 질릴 대로 질려 횡설수설하는 한심한 꼴이 전국에 방송됐다.

“…어릴 적부터 개그맨이 꿈이었는데, 해 보니까 알겠더라. 꿈은 그렇게 쉽게 이뤄지는 게 아니라는 걸. 인생은 호락호락하지 않아. 어른이 되면 포기해야 하는 꿈도 있어….”

웅얼거리던 목소리가 잦아들었다.

그때 파트너가 취해서 그런 짓만 하지 않았더라면.

사죄 기자 회견에서 더 또박또박 말했더라면.

파트너가 그만두겠다고 했을 때, 진심으로 잡았더라면.

"하지만… 만약 내가 좀 더 운이 좋았더라면… 그랬다면 분명 지금쯤…."

문득 옆을 보니 바치라는 스마트폰으로 동영상을 보고 있었다.

"뭐야, 안 듣고 있잖아!"

"이거 재미있네♪ 인기 개그 콤비래!"

"너 생긴 건 귀여운데 속은 악마구나?"

바치라는 영상을 보며 낄낄 웃고 있다.

"아… 그런데… 네 꿈은 뭐냐?"

하나시카는 이대로 대화를 끝내기엔 뭔가 아쉬운 느낌이 들었다.

"응? 축구 선수야. 나는 세계 무대에서 메시나 호날두, 노엘 노아와 가슴을 뛰게 하는 축구를 하고 싶어."

"뭐~? 꿈도 크다! 말도 안 돼!"

축구 팬이 아닌 하나시카도 바치라가 말하는 녀석들이 얼마나 대단한지는 안다.

"그게 가능한지 불가능한지는 나한테 달렸잖아?"

바치라는 상대도 하지 않았다.

"나는 두근거리는 축구를 하기로 했어! 운 같은 건 상관없어. 푸핫! 이 축구 마니아라는 사람, 엄청 웃긴다~"

바치라는 동영상이 어지간히 재미있었는지 스마트폰에서 눈을 떼지 않는다.

"정말 자유롭구나, 넌…."

어이없어하면서도 하나시카는 과거의 자신을 떠올렸다.

자신도 '개그맨은 허황된 꿈이다'라는 말을 지겹도록 들었지만, 그런 사람들 말은 무시하고 앞만 보고 달렸다.

'대학을 그만두고 개그맨이 되겠다고? 진심이야?'

'세상이 만만하지? 현실을 봐!'

친구들은 비웃고 부모님은 잔소리를 늘어놓았지만, 그래서 뭐 어쩌라고 하면서 이를 악물고 노력했다.

설마 그런 자신이 그 사람들과 똑같이 남의 꿈을 지적하게 될 줄이야.

못 봐주겠군.

"가능한지 불가능한지는 나에게 달렸다…. 멋진 말을 다 하네. 좋아, 나고야에서 된장 돈가스라도 사 주마!"

"진짜?!"

잘은 모르겠지만 점심값이 굳어서 다행이었다.

이 몇 달 후.

하나시카는 집에서 TV를 보다가 바치라와 재회하게 된다. 'U-20 JAPAN vs. 블루 록 일레븐' 시합에서 말이다.

그리고 그 몇 달 후 바치라는 "아, '어쩌라고즈' 부활…." 하고, 개그 방송을 보다가 부활 소식을 알게 된다.

그런 줄은 꿈에도 모르고 바치라는 나고야 명물 된장 돈가스를 얻어먹고 하나시카와 헤어졌다.

"그럼 잘 가라, 바치라 메구루! 조심히 가야 한다! 고마워!"

"바이바이~♪"

빵빵, 작별 인사 대신 경적을 남기고 트럭은 떠나갔다.

생초코 밀크 푸딩

이제 나고야에서 오사카까지 약 170킬로미터 남았다.

산도 넘어야 하는 험한 길이지만, 바치라는 기분 좋게 드리블을 이어 갔다.

시골길을 경쾌하게 지나는데.

'와♪ 특제 생초코 밀크 푸딩….'

케이크 가게 입간판이 눈에 들어온다.

바치라는 단것을 엄청나게 좋아했다.

홀린 듯이 가게에 들어갈 뻔했지만, 고개를 힘껏 가로저었다.

아직 여행 중이라 돈을 함부로 쓸 수는 없었다.

체념하고 그냥 지나치려 한 그때, 사건이 발생했다.

'아, 이런….'

바치라는 순식간에 공을 띄웠다.

빠엉!

눈앞에 있는 차 앞 유리를 향해 공을 힘껏 찬다.

끼기긱!!

"꺄아악!"

브레이크 소리와 함께 여성의 비명이 들렸다.

"마사토!"

하얗게 질린 아이 엄마가 엉덩방아를 찧은 어린아이에게 달려가 끌어안았다.

전방 부주의로 케이크 가게 출입구를 향해 달리던 차량이 칠 뻔한 것이다.

그걸 알아차린 바치라가 바로 앞 유리 쪽으로 공을 찼다. 덕분에 운전사도 눈치를 챘는지 아이는 간발의 차로 무사할 수 있었다.

"엄마! 저 공 차는 형아가 날 구해 줬어!"

어머니 품에 안긴 아이가 바치라를 가리켰다.

"어머…! 감사합니다! 감사합니다!"

아이 엄마는 아이와 함께 여러 차례 고개를 숙여 인사했다.

"혹시 괜찮으시면 이거라도 드세요!"

그런 의도는 없었는데 사례라며 막무가내로 종이봉투를 쥐여 준다.

"저 형아, 진짜 대단하다! 나도 축구하고 싶어! 해도 되지, 엄마!"

"그래~ 축구라, 좋지!"

모자는 사이좋게 손을 잡고 돌아갔다.

바치라가 구한 소년은 먼 훗날 축구 잡지의 실력파 기자로 성장하지만, 지금은 아직 그것을 알 길이 없다.

그리고.

'이 종이봉투는, 케이크 가게 건가…?'

안에 든 것은 놀랍게도 특제 생초코 밀크 푸딩이었다.

곧바로 가까운 공원에서 당분 충전 시간을 갖는다.

"맛있다~♪"

서서히 입 안에 퍼지는 달콤함에 다리를 파닥파닥 흔들었다.

아무리 그래도 3개는 많다. 여름이라 금방 상할 텐데, 그렇다고 버리기도 싫다….

"맛있겠다…."

"응?"

어느새 눈앞에 학원을 마치고 집에 가는 초등학생이 서 있었다.

검은 테 안경에 체구가 작고 성실해 보이는, 그야말로 모범생 같은 타입의 소년이었다.

어지간히 지쳤는지 등을 움츠린 채 넋이 나간 눈으로 생초코 밀크 푸딩을 바라본다.

"먹을래? 거기 너 말이야."

"어어?!"

바치라가 싱긋 웃자, 초등학생은 당황하면서도 고개를 끄덕였다.

바치라 옆에 나란히 앉는다.

"감사합니다…."

초등학생 5학년인 아이의 이름은 아리키타 리오(有木田理央).

원래 낯선 사람에게 뭘 받아먹는 비상식적인 짓은 하지 않지만, 오늘은 그런 정상적인 판단을 하지 못할 만큼 지쳐 있었다.

탱글탱글한 푸딩을 입에 쏙 넣는다.

"아! 맛있다!"

"맛있지♪ 아까 처음 보는 사람한테 받았어♪"

순간 불안해졌지만 달콤한 유혹은 이길 수 없었다.

리오는 단것을 아주 좋아한다.

생초코 밀크 푸딩을 허겁지겁 입에 집어넣자, 공부로 피폐해져 있던 뇌에 당분이 공급되며 혈당치가 상승하고 기운이 솟았다.

"그래요…? 드리블로 오사카까지. 그 나이에 대단하네요."

"대단해? 정말? 신난다~♪"

애어른 초등학생과 순수한 고등학생 사이에 이런 대화가 오간다.

"부러워요. 저도 그런 대단한 일을 해 보고 싶은데."

"하면 되잖아?"

"여름 방학에는 매일 아침부터 저녁까지 학원에 다녀야 해서 불가능해요."

"아침부터 저녁까지 공부?! 난 그게 더 불가능한데!"

바치라가 깜짝 놀라자, 리오는 시무룩한 표정을 지었다.

"저도 학원 가기 싫어요…."

"가기 싫은데 매일 가는 거야? 너 별나다!"

'별나?!'

시무룩해 있던 리오는 어리둥절한 표정을 지었다.

별난 사람에게 별나다는 소리를 들었다.

'그러고 보니 난 왜 학원에 다니는 거지….'

엄마가 가라고 했기 때문이지만, 그 사실에 의문을 가진 건 처음이다.

모처럼 여름 방학인데 재미없게.

나도 이 형처럼 뭔가 대단한 걸 해 보고 싶어.

왜냐하면 여름 방학이니까….

"그럼 난 이만 가 볼게!"

"자, 잠깐!"

리오는 조금 더 이 형과 이야기를 하고 싶었다.

"괘, 괜찮으면 우리 집에서 자고 갈래요? 우리 집은 온천 여관이라 이불 방에서 몰래 잘 수도 있고 온천도 써도 돼요. 바깥보다는 나을 거예요!"

"온천?! 갈래! 결정!"

이렇게 바치라는 오늘 밤 잘 곳을 확보했다.

신목

다음 날 아침. 앞장선 리오를 따라 슬쩍 온천 여관 뒷문을 통해 나왔다.

잠자리와 씻을 곳, 식사 모두 리오가 가족에게 들키지 않게 준비해 주었다.

꼭 '길에서 버려진 강아지를 주워 와 부모 몰래 키우는' 수준의 어려운 미션이었지만, 리오는 해냈다.

"저, 괜찮으시면 이거…."

아마 선물인 듯한 종이봉투를 넘겨받았다.

"제, 제가 만든 머핀이에요. 전 단 걸 먹는 것도 좋아하지만 만드는 것도 좋아해서…. 마, 맛이 있을지는 모르겠지만요….”

리오가 부끄러운 듯 뺨을 검지로 긁적인다.

“맛있다! 달아~♪”

‘벌써 먹었잖아?!’

하지만 싱글벙글 웃으며 먹는 바치라를 보고 리오까지 기뻤다.

파격적인 바치라의 영향을 받아, 리오는 어젯밤 숙제 대신 밤중에 몰래 여관 부엌에서 머핀을 구웠다.

드리블 여행에 비하면 사소할지 몰라도, 학원 숙제를 빼먹은 건 리오에게는 큰 모험이었다.

부모님 몰래 낯선 형을 재워 주고 숙제를 안 하고 머핀도 굽고. 두근거리는 동시에 불안했고 죄책감도 느꼈다.

하지만….

‘…만들기를 잘했어.’

맛있게 먹는 모습을 보면 이렇게 기쁘다는 걸, 리오는 처음 알았다.

“그럼 힘내세요!”

“바이바이~♪”

그 후. 리오는 본격적으로 제과에 빠졌다.

엄마에게 부탁해 학원을 줄이는 대신 여름 방학 때 많은 과자를 만들었다.

곧 실력이 늘어 여관에 내놓을 디저트까지 만들게 되고, 그것이 화제가 되어 솜씨 좋은 파티시에가 있는 '디저트 온천 여관'으로 인기를 끌게 되는데, 그것은 아직 미래의 이야기.

그리고 여름의 태양 아래, 바치라는 아이치에서 미에로 진입했다.

"더워~!"

덥다, 좌우간 덥다.

그래도 산과 들을 넘어 쭉쭉 앞으로 나아갔다.

"흐아~… 더는 못 가."

드리블을 멈추고 무릎에 손을 얹었다.

날도 저물었겠다, 슬슬 잘 곳을 확보해야 하는데… 그렇게 생각한 바치라의 눈에 붉은 토리이(鳥居)가 들어왔다. 신사였다.

"실례합니다…."

작고 낡아서 누가 있는 것 같지는 않지만 깔끔하게 청소가 된 데다 경내에는 벤치도 있었다.

잎이 무성한 거목(巨木)에 금줄이 감겨 있는 걸 보아 이 신사의 신목이겠지.

오늘은 여기서 자자.

그러면 우선 참배부터 해야지.

새전을 넣고 짝짝! 박수를 친다.

'으음~ 노엘 노아, 호날두, 메시랑 축구할 수 있기를♪ 아, 또 벤제마랑 음바페랑….'

고작 10엔 넣고 부탁하기에는 조금 긴 내용이었다.

그리고 깊은 밤.

잘그락, 하고 자갈 밟는 소리가 희미하게 났다.

어슴푸레한 가로등 불빛은 토리이 안쪽까지는 거의 닿지 않았다.

어둠 속으로 검은 상의에 검은 바지, 검은 마스크를 낀 남자가 슬며시 신사로 들어왔다.

끝이 굽은 철제 막대… 쇠지레를 들고 두리번거리며 주변을 둘러보았다.

새전 도둑이다.

천벌이 두렵지도 않은지 새전함을 부수고 돈을 훔치려는 것이었다.

작은 신사지만 여름에는 축제와 오봉 행사가 있어서 새전함에는 돈이 꽤나 모인다. 방범 시스템이 없고 밤에는 사람이 아무도 없다는 것도 이미 조사를 마쳤다.

남자가 슬그머니 새전함으로 다가갔을 때….

"이봐!"

"으악!"

갑자기 들리는 고함에 깜짝 놀라 펄쩍 뛰었다.

소리가 나는 쪽으로 쭈뼛거리며 돌아봤지만 어두워서 분간이 되지 않았다.

잎사귀가 바람에 흔들리는 소리가 나는 걸 보아, 전에 조사하러 왔을 때 본 신목이 있는 쪽이다.

쏴아아!

한층 크게 잎들이 흔들렸다.

"뭐 하는 거야!"

신목이 소리쳤다.

"헉! 죄, 죄송합니다! 다신 안 그럴게요!"

새전 도둑은 공포에 질려 부리나케 도망쳤다.

"거기 서!"

"다시는 나쁜 짓 안 할게요! 마음을 고쳐먹고 성실하게 일할 겁니다! 그러니까 제발 천벌만은~!"

신사 참배 길을 몇 번씩 구르면서, 간신히 목숨만 부지한 채 도망쳤다.

"헤이! 멈춰!"

새전 도둑이 사라진 후로도 그 고함은 신사 내부에 계속해서 울려 퍼졌다.

"이봐! 뭐 하는 거야, 지코! 패스! 패~스!"

뭐 대단한 건 아니고, 바치라의 잠꼬대였다.

짹짹, 짹짹.

"음…."

이른 아침, 바치라는 신목을 찾은 새들의 지저귐에 잠에서 깼다.

오늘도 날이 맑았다.

'…어라?'

몸을 일으키려는데 배 위에 뭔가 흰 종이가 떨어져 있는 게 보였다.

손으로 집어 보니 뜯지 않은 운세 쪽지였다.

왜 이런 곳에 떨어져 있는지 짐작조차 가지 않았다. 잘은 모르겠지만 운세 쪽지를 보면 두근거린다.

바치라는 깊이 생각하지 않고 바로 그것을 뜯었다.

"운세 뽑기♪ 운세 뽑기♪"

쪽지에 발린 풀을 뜯고 안을 보자….

대길(大吉)

· 기다리는 사람이 온다

· 운명의 상대를 만난다

**· 자신을 믿고
생각하는 대로 살아라**

"야호, 대길이다!!"

자신을 믿고 생각하는 대로 살아라.

…좋은걸.

"좋아! 오늘은 오사카까지 단숨에 가자!"

쪽지를 아무렇게나 주머니에 쑤셔 넣은 뒤, 공을 가볍게 차

올렸다.

새전 도둑을 쫓아 준 것에 대한 신의 보답…일 수도 있지만 바치라는 어제 일을 전혀 모른다.

그리고 4개월 후.

바치라는 운명의 상대, 이사기 요이치와 만나게 된다.

고개를 넘어

"이 산을 넘으면 오사카다!"

푸른 산을 향해 만세를 하며 외쳤다.

도중에 히치하이크로 경트럭에 얻어 타는 식으로 겨우 교토 외곽까지 왔다.

스마트폰으로 지도를 보니 아무래도 산을 넘어가면 오사카가 나오나 보다.

산으로 들어가는 외길. 비포장 길이지만 폭이 그럭저럭 넓고 푸르른 식물들이 짙은 그늘을 드리워 햇빛을 막아 주고 있었다.

조금만 더, 이제 골이 눈앞에 있었다.

토옹! 공을 걷어차며 고개에 도전한다.

"쭉쭉 가자고♪"

흙과 자갈 때문에 불규칙하게 튀는 공을 차고, 차고, 오로지 또 차며 올랐다.

"쭉… 쭉… 가자고…."

하지만 드리블 여행도 4일차.

체력적으로 한계가 온 참에 만난 언덕길이라 다리가 비명을 지르기 시작했다.

아니. 고작 이런 것에 꼬리를 내릴 바치라가 아니다.

오히려 여기서부터 시작인 것이다.

"…전속전진! 온몸으로! 전진!"

뿜어져 나온 땀이 티셔츠를 흠뻑 적셔 갔다.

인간은 물론이고, 차도 지나지 않는 산속에 매미 소리와 바치라의 구호만이 울려 퍼졌다.

매앰맴맴. "온몸으로! 전진! 전! 진!" 찌르르, 찌르르르….

앞으로 갈수록 경사가 가팔라졌다.

공을 차도 다시 되돌아오곤 해서, 집중하지 않으면 왔던 길로 다시 굴러갈 것 같았다.

매앰맴맴. "온몸으로! 전진! 전! 진!" 찌르르, 찌르르….

평지와 다르게 언덕은 허벅지에 많은 부하가 가해져서 근육이 터질 것 같았다.

무엇보다 공이 곳곳으로 굴러가서 잠시도 마음을 놓을 수 없었다.

그래도 "온몸으로! 전진! 전! 진!"이라고 외친다.

'…어라?'

시끄럽던 매미가 갑자기 조용해졌다 싶더니 뭔가가 똑 떨어졌다.

빗방울이 뚝뚝 떨어지더니 눈 깜짝할 새 땅을 적신다.

쏴아.

그리고 단숨에 촤아아아악!

"으힉!"

꼭 스콜 같다.

머리부터 흠뻑 젖었고 발밑에 강이 하나 생겼다.

"아앙~♪"

기왕 이렇게 된 거 입을 벌리고 수분을 충분히 공급한다.

화끈거리던 몸도 적당히 식어서 기분이 좋았다.

기분은 좋은데… 큰일이다.

언덕길을 타고 흘러내리는 물의 저항 때문에 공이 전혀 굴러가지 않았다.

비가 와도 시합은 하지만, 아무래도 이렇게 쏟아지는 빗속에서는 처음 차 본다.

'으음~….'

무거운 공을 힘주어 차 봤지만 좀처럼 굴러가지 않았다.

'안 굴러간다면… 그래! 땅에 안 닿게 하면 되지!'

바치라는 통 하고 힘껏 공을 차올렸다.

"냐하♪"

그리고 달린다!

허공에 뜬 공이 땅에 떨어지기 직전.

토옹!

다시 차올린다.

통, 통, 토옹!

달리기와 차기를 고속으로 반복하는 리프팅 드리블이다.

'나이스 아이디어♪'

시야를 가로막는 장대비와 축축하게 젖어 무거운 몸, 피로의 한계를 넘은 다리.

최악의 컨디션이기에 오히려 집중력을 최대치로 발휘할 수 있었다.

리프팅 드리블로 묵직한 공을 차며 계속해서 앞으로 나아갔다.

민가와 떨어져 있는 산속에서 홀로 비에 맞선다.

'질까 보냐~!'

…곧 빗줄기가 가늘어졌다.

어느새 경사도 완만해졌다….

"앗♪"

단숨에 눈앞이 트였다.

나무들이 사라지고 맑은 하늘과 멀찍이 있는 마을이 보였다. 산마루다.

"개굴."

"으앗?!"

산마루까지 온 감동에 뒤늦게 알아차렸다.

발밑에 큼지막한 개구리가 있었다. 갈색에 피부가 울퉁불퉁한 두꺼비다.

큰일이다. 이대로 가면 밟겠어.

"으아앗!"

순간적으로 개구리를 피했다.

철퍼덕!

그 바람에 중심을 잃은 바치라는 옆에 있는 풀숲으로 엎어졌다.

"아야야야…."

"개굴."

개구리는 아무 일도 없었다는 듯 폴짝 뛰어가 버렸다.

바치라는 온몸에 진흙과 풀이 덕지덕지 붙은 상태. 최악이다.

"아… 잠깐 쉬자…."

이렇게 된 김에 큰대자로 누웠다.

나뭇잎에서 물방울이 똑똑 떨어지고는 있지만 비는 그쳤는지, 하늘을 올려다보니 흰 구름이 흘러간다.

"…어라?"

손안에 뭔가 있었다. 손으로 땅을 짚으면서 엉겁결에 뭔가를 움켜쥔 모양이었다.

살며시 손을 펼치자….

"우와아! 굉장하다!"

그곳에는 동글동글 귀엽게 생긴 도토리가 있었다.

겉이 매끈하고 반짝거리고 큼지막한 게, 이제껏 본 도토리

중 가장 훌륭했다.

“좋아~♪ 보물로 삼아야지♪”

주머니에 넣고 씩씩하게 일어섰다.

공을 주운 뒤, 비가 갠 후의 하늘을 올려다보았다.

그때 더 굉장한 일이 벌어졌다.

“우와아… 예쁘다…!”

푸른 하늘에 커다란 무지개가 걸려 있었다.

그것도 거대한 무지개 속에 작은 무지개 하나가 더 있는 쌍무지개였다.

“헤헤… 좋았어.”

대길 운세 쪽지에 멋진 도토리에 쌍무지개까지.

‘…왠지 앞으로 굉장한 일이 벌어질 것 같아♪’

오사카의 밤

산을 넘어가자, 날이 완전히 저물어 있었다.

"야호~! 오사카다~!"

하지만 오사카는 넓다.

게다가 스마트폰 배터리가 다 되는 바람에 지도를 볼 수 없고, 엄마에게 연락도 할 수 없었다.

'우선 불이 켜진 곳에는 사람이 있겠지!'

빛을 찾아 앞으로 나아갔다.

밭의 전등부터 주택가의 불빛, 빌딩 불빛까지.

더 빛나는 쪽으로 계속 나아간 끝에….

"굉장하다~!"

두 시간 후, 반짝반짝 빛나는 곳에 도착했다.

좌우간 화려한 것이, 거리 그 자체가 빛을 내는 것 같았다.

눈앞에는 그 유명한 글리코 간판이 있었다.

그렇다, 이곳은 도톤보리.

타코야키와 오코노미야키 냄새가 풍기고, "바보가?" "뭐라카노?" "시끄럽다 안 카나." 같은 진한 오사카 사투리가 오갔다.

"재미있어~♪"

노출이 심한 누님에 술에 취할 대로 취한 주정뱅이, 움직이는 거대한 게까지. 너무 재미있다.

두근두근하지만 마냥 즐길 수만은 없었다.

내일은 아침부터 엄마의 개인전이 어디서 열리는지 찾아봐야 하고, 무엇보다 잘 곳을 확보해야 했다.

'어디 잘 만한 곳 없나~?'

도톤보리를 지나자 번화가가 오피스 거리로 변했고, 거기서 더 가자 이미 영업을 종료한 상점가가 나왔다.

점점 사람이 줄어들었고 어느덧 오사카 특유의 분위기가 짙어졌다.

'뭔가 있어….'

작은 공원 한구석에서 아저씨 셋이 술판을 벌이고 있었다.

"크으~ 퇴근하고 마시는 술은 몸에 스민다니까!"

"백수가 말이 많구만."

"으하핫."

혹시 노숙자인가?

박스를 깔고 컵 술을 홀짝이며 수다를 떨고 있었다.

그걸 곁눈질하면서 지나는데….

"오, 찾았다. 찾았어!"

"오늘은 안 놓친다~"

반대 방향에서 온, 고등학생으로 보이는 4인조 양아치들과 엇갈렸다.

다들 손에 로켓 폭죽을 들고, 히히히 소리와 함께 웃음을 참고 있다.

"이얏!"

휘익! 파앙!

"으아아악!"

컵 술이 폭발하자 땅딸보 아저씨가 놀라서 뒤집어졌다.

"명중~!"

"계속 날리자! 로켓 폭죽 공격~!"

노숙자 아저씨들을 목표 삼아 폭죽을 날린다.

"또 너희냐!"

"왜 우리 가지고 장난질이야!"

"우리가 뭘 잘못했다고!"

아저씨들이 반발하지만 그럼에도 팡팡팡!! 하고 연속해서 폭죽이 터진다.

"아뜨뜨뜨!"

주변에 흰 연기가 자욱하게 끼고 비명이 터져 나왔다.

"푸하하핫! 좋아. 다음, 다음!"

아저씨들이 혼비백산해서 도망치려는 모습이 재미있는지, 양아치들이 폭죽에 추가로 불을 붙이려 한 그때….

퍼어억!

"으악!"

라이터를 들고 있는 양아치의 얼굴에 공이 명중했다.

"폭죽은 사람한테 쏘면 안 되지."

통통 튀어서 돌아오는 공을 가볍게 차올리며 바치라가 검지를 들이밀었다.

"뭐야, 넌…. 너도 이놈들 동료냐?"

공에 얼굴을 직격으로 맞은 금발 남자가 코를 누르면서 노려본다.

'응? 내가 노숙자 아저씨들 동료?'

새삼 자신의 모습을 보니 온몸이 진흙투성이라 더러웠다.

'꽤 아끼는 티셔츠였는데….'

조금 우울했다.

그때 허공을 가르듯 덩치 좋은 양아치의 펀치가 날아들었다.

가뿐하게 피하자 덩치가 비틀거린다.

"난 싸울 생각 없어! 그냥 폭죽을 쏘지 말라는 거지, 이 느림보 덩치야!"

"누가 느림보 덩치야!"

부웅.

"형씨, 위험해!"

아저씨가 소리쳤다.

퍼억.

뒤에 한 사람 더 있었다.

바치라는 한 대 맞고 털썩 무릎을 꿇었다.

양아치와 축구

바치라가 쓰러지자, 공이 데굴데굴 굴러갔다.

"뭐야, 이 자식 되게 약한데?"

"4대 1로 이길 수 있을 것 같아?"

등을 퍽퍽 얻어맞았다.

"아야야."

머리를 가린 자세로 웅크려 있는데….

양아치들 너머로 검푸른 불꽃이 일렁였다.

입을 귀까지 찢으며 활짝 웃고 있었다.

'괴물'이다.

그러고 보니 드리블 여행을 떠난 후로 한 번도 '괴물'과 축구를 하지 않았다.

"헤헤… 여기서 할래?"

바닥에 엎어진 바치라가 갑자기 웃음을 터트리자 양아치들은 당황했다.

"뭐야, 웃지 마!"

아까 그 덩치가 바치라를 걷어차려고 다리를 뒤로 쭉 뻗은 순간.

'괴물'이 손짓했다.

"응♪ …킥오프네!"

잽싸게 일어나 공을 향해 달렸다.

"도망치는 거냐! 거기 안 서?"

공을 확보하고 빠르게 양아치들 쪽으로 돌아섰다.

"안 도망치잖아? 해보자 이거냐?!"

양아치의 다리 사이로 패스를 했다.

"와악!"

"그쪽으로 간다! 아니, 이쪽이야!"

"됐다, 잡았… 못 잡았잖아?!"

몸을 크게 흔들어 수비를 따돌리고 다시 공을 확보했다.

넷에게 포위당하는 건 난이도 최상급.

하지만 노엘 노아라면 이쯤이야 여유롭게 돌파하겠지.

공을 세밀하게 컨트롤하면서 차례차례 넷을 따돌린다.

'여기서 페인트 스핀으로… 빙글빙글… 토옹♪'

이미지가 계속 떠올라서 너무나도 즐겁다.

양아치들은 갑자기 축구를 시작한 바치라를 보고 약간의 광기를 느꼈다.

드리블하면서 중간중간 "냐하하♪"거리며 웃기까지 하니까.

꽤 무섭다. 그리고 전혀 잡을 수가 없다.

"제길!"

"이얍!"

금발과 덩치가 동시에 바치라에게 달려들었다.

쿠우웅!

""크윽!""

가볍게 피하자 정면충돌한 둘은 사이좋게 바닥에 엎어진다.

"아직이야♪"

퍼억!

"크헉!"

다른 한 명도 가까운 거리에서 안면 슛을 맞고 코피를 요란하게 뿜으며 스르르 무너져 내렸다.

"아야야."

"망할…."

"코, 코피 난다."

어느새 세 명이 나가떨어졌다.

"…말도 안 돼."

남은 사람은 단 한 명.

"어이… 이 못된 놈들 같으니. 잘도 우리를 갖고 놀았겠다."

"헉!"

폭죽 때문에 머리카락이 거뭇거뭇하게 타 버린 아저씨 트리오가 무시무시한 형상으로 서 있었다.

"도… 도망쳐! 이 녀석들 제정신이 아니야!"

허둥지둥 도망치는 양아치 4인조였다.

"또 우리를 건들기만 해 봐라, 이 멍청한 놈들 같으니! 그때는 정말 가만 안 둬!"

"누가 아니래! 또 피를 보게 해 주마!"

"그래! 이 축구하는 형씨가 말이지!"

아저씨 트리오가 기세등등하게 양아치들을 내쫓았다.

"형씨, 고마워."

"덕분에 살았어."

"답례로 타코야키 좀 먹어. 이것만은 사수했거든. 안심해, 이건 돈 주고 산 거니까."

땅딸보 아저씨가 팩에 든 타코야키를 내밀었다.

타코야키에 이끌려 바치라는 상자에 앉았다.

냠.

차갑긴 하지만 운동 후에 먹어서 그런지 굉장히 맛있었다.

상대가 주는 대로 넙죽넙죽 받아먹는다.

"근데 형씨는 왜 길거리에 나앉은 거야?"

"가출인가? 엄마가 걱정하실 텐데?"

"벌써 인생을 놓으면 쓰나~"

아저씨들이 물었다.

"아니에요! 나는…."

바치라가 오사카까지 온 이유를 설명하자 셋은 웃음을 터뜨렸다.

"드리블로 오사카까지!"

"대체 얼마나 축구에 미쳐야!"

"바보 아니야!"

오사카 사람을 웃기다니, 왠지 좀 기뻤다.

“어때, 축구는 재미있나?”

컵 술을 쭉 들이켠 땅딸보 아저씨가 물었다.

“으음… 그다지?”

바치라는 바다사자처럼 축구공을 머리에 얹는다.

“나는 더 즐거운 축구를 하고 싶어요. 두근두근한 축구를! 하지만 다른 녀석들에겐 그게 잘 전해지지 않나 봐. 그래서 요즘은 재미없어요.”

‘괴물’만이 바치라의 축구를 이해해 주었다.

“전해지지, 않는다….”

땅딸보 아저씨가 ‘완벽하게 이해했다’는 듯 바치라의 코에 대고 삿대질을 했다.

“해결책이 하나 있지.”

의미심장한 미소를 보고 바치라도 몸을 들이밀었다.

“해결책은… 고민하지 않는 거야.”

바치라의 머리 위에 물음표가 떠올랐다.

“죽어라 고민해 봤자 달라지는 건 없거든. 고민은 고민하기에 고민인 거야. 그냥 놓아 버리면 고민할 일도 없지.”

벙찐 표정을 지었다.

"야스 씨가 멋진 말을 다 하네."

"철학이지. 인생철학."

아저씨 둘은 끊임없이 감탄 중이다.

"진짜로 서로를 이해할 수 있는 상대는 전달하기 전에 이미 알고 있거든. 상대가 모른다고 불평하기보다 멋진 태클을 날려 줄 상대를 찾아봐. 그 화학 반응이 멋진 만담을 만들거든. 만담은 화학 반응이야. 야스시에게는 키요시가, 올 한신에게는 올 쿄진이 있지*."

어느새 만담 이야기가 된 데다 비유를 전혀 공감할 수가 없었다.

"뭐 됐다. 오늘 밤은 내가 소유한 고급 맨션에 재워 주지!"

이렇게 바치라는 야스 씨의 고급 맨션… 다리 밑 텐트에서 신세를 지게 되었다.

※야스시와 키요시, 올 한신 올 쿄진은 일본의 유명 만담 콤비들.

괴물전

다음 날 아침, 깨어 보니 야스 씨는 아직 자고 있었다.

요란하게 코까지 골며 자는 모습이 상당히 편해 보인다.

바치라는 조그맣게 "잘 자고 갑니다…."라고 중얼거린 뒤, 떠날 준비를 했다.

'맞다! 한 끼 얻어먹고 하룻밤 잤으니 그 값은 해야지.'

줄 만한 게 없나 하면서 주머니를 뒤적였다.

나온 것은 티슈와 운세 쪽지와….

'아.'

이건… 어쩌지, 주기엔 좀 아까운 것 같기도 하다.

조금 고민했지만 타코야키도 맛있게 먹었겠다, 두고 가기로 했다.

살며시 야스 씨의 배 위에 자신의 보물을 올려놓았다.

반짝반짝한 행운의 도토리다.

"그럼 안녕."

텐트에서 나오니 오늘도 날씨가 좋았다.

바치라는 가볍게 공을 찼다.

"도착~!"

치바에 있는 집을 떠난 지 5일.

수차례 헤매다가 겨우 최종 목적지인 바치라 유우의 개인전 회장에 도착했다.

오사카성이 보이는 스타일리시한 아트 갤러리다.

고급 호텔의 입구에 있는 것 같은 회전하는 유리문, 천장에는 크리스털 샹들리에가 있었다. 무지 멋있다.

"우와아~ 여기구나~♪"

바치라는 공을 한 손에 들고, 들뜬 가슴을 안고 회전문에 손을 얹었다.

그때.

'…다리에 쥐가 날 것 같아….'

유우는 웃는 한편, 익숙지 않은 힐 때문에 아픈 것을 꾹 참고 있었다.

혜성처럼 등장한 아티스트 바치라 유우.

그런 그녀가 이 장소에 있다는 소식에 괴물전은 연일 성황이었다.

관람객은 예술을 사랑하는 눈 높은 저명인사들뿐이다.

평소 물감이 묻은 작업복만 입는 유우지만 이때만큼은 잔뜩 꾸몄다. 눈이 번쩍 뜨일 만큼 선명한 파란색 드레스는 갤러리의 럭셔리한 분위기와 잘 어울렸다.

"이 박력 있는 그림이 당신처럼 아름다운 여성의 손에서 태어났다니… 그 창작 의욕이 어디서 나오는지 꼭 듣고 싶군요."

우아한 신사가 말을 걸었다.

"그건…."

유우가 부드럽게 설명하기 시작하자 다른 사람들도 모여들어 귀를 기울인다.

지적이고 우아하며 말도 잘하는… 사람 같아 보이지만, 유우는 사실 말재주가 별로 없는 데다, 힐과 드레스도 얼른 벗어 던지고 싶은 마음이었다.

"엄마!"

그렇게 피곤 모드인 유우의 귓가에 반가운 목소리가 들려왔다.

갤러리 입구가 소란스럽다. 관람객들이 도망치듯 빠지는 그곳에는….

"메구루?!"

"헤헤, 와 버렸어♪"

덥수룩한 머리에 얼굴은 너무 타서 새카맣다.

티셔츠와 바지 곳곳이 찢어졌고 발밑에는 더러운 공이 있었다.

치바에 있어야 할 아들이 갑자기 거지꼴로 나타나자 눈이 휘둥그레졌다.

"대체 어떻게 된 거니?!"

"나 있지, 드리블로 여기까지 왔어!"

'드리블로…?'

장내에 있는 관람객들 모두가 고개를 갸웃했다.

이 꾀죄죄한 남자아이는 대체?

웬 축구공?

웬 드리블…?

회장은 미묘한 분위기를 띠었지만, 바치라는 거대한 캔버스에 그려진 '괴물'을 만나 감개무량했다.

'역시 엄마 그림을 보러 오길 잘했어!'

"잠깐!"

그때 우락부락한 경비원들이 분주하게 달려왔다.

"그 꼴로 들어가면 안 된다고 했지!"

"표는 제대로 보여 줬잖아!"

"그런 문제가 아니야!"

사실 바치라는 너무 후줄근한 꼴을 하고 있어서 입구에서 문전박대를 당했다. 그걸 억지로 뚫고 들어왔기에 완전히 수상한 사람으로 찍힌 것이다.

"위험합니다. 바치라 선생님, 이쪽으로 오시죠."

"아뇨, 저 아이는…."

유우를 대피시키려 하는 스태프에게 사정을 설명하려 하는데….

"꺄악!"

"위험해!"

비명과 고함이 울려 퍼졌다.

경비원이 바치라를 끌어내려고 한 탓에 바치라가 도망친 것이다.

그것도 드리블을 하며.

갑자기 축구공을 차기 시작한 위험인물 탓에 회장이 술렁였다.

"이봐! 거기 서지 못해!"

"잡으려고 하니까 도망치지!"

혀를 메롱 내밀고는 드리블과 함께 관람객 사이로 유유히 도망쳤다.

"우왁!"

바치라가 경비원의 태클을 훌쩍 피했다.

"꺄아아!"

중심을 잃은 경비원이 여성 관람객을 끌어안자, 더 큰 비명이 울려 퍼졌다.

추격하는 경비원과 잽싸게 달아나는 바치라. 거기에 도망다니는 관람객들이 더해져 회장 내는 완전 패닉 상태.

"…아이참!"

"바치라 선생님?!"

유우가 힐을 벗어 던지고 바쁘게 뛰어다니는 바치라를 향해 달리기 시작했다.

"그만!"

역시 엄마다. 그 빠른 바치라를 뒤에서 한 번에 잡았다.

예쁜 드레스가 더러워지는 것도 아랑곳하지 않고 꼬옥 끌어안았다.

"바치라 선생님이…."

"위험인물을 잡았다…?"

어안이 벙벙한 관람객들과 경비원.

모든 사람의 주목이 쏠린 가운데, 유우가 "아하하." 하고 천진난만하게 웃었다.

"괜찮아요, 제 아들이에요."

'이 야생아가 바치라 선생님의 아들?!'

자리에 모인 인사들도 깜짝 놀란다.

"…용케 왔구나!"

유우가 바치라의 어깨에 팔을 얹었다.

"즐거웠니?"

웃는 얼굴로 묻자 바치라는 고개를 크게 끄덕였다.

여러 사람을 만나고 헤어진, 자유로우며 두근두근했던 5일간.

"…응! 역시 축구는 즐거울지도 몰라!"

소설 블루 록 싸우기 전, 우리는. ~이사기·나기·바치라~ 마침

소설 블루 록 싸우기 전, 우리는.

~이사기 · 나기 · 바치라~

2025년 12월 10일 초판 발행

원작 카네시로 무네유키 | **소설** 모에기 모모
일러스트 산노미야 코타 | **캐릭터 디자인** 노무라 유스케 | **옮긴이** 고나현
발행인 정동훈 | **편집인** 여영아
편집 팀장 김은실 백유진 | **편집** 손혜경
발행처 (주)학산문화사 | 서울특별시 동작구 상도로 282 학산빌딩
편집부 02.828.8901(전화) | **영업부** 02.828.8986(전화)
홈페이지 www.haksanpub.co.kr | **등록** 1995년 7월 1일 | **등록번호** 제3-632호

KODANSHA

ISBN 979-11-411-7087-5 04830
ISBN 979-11-411-7086-8 (세트)

값 8,000원

카사네와
스바루
남자
or
여자?!
회사 동료의
은밀한 비밀?!
<땀과 비누>
작가 최신작!
사랑에 서툰 두 사람의,
여장을 곁들인(?) 러브코미디!
텔레워크 이야기
코로나 바이러스가 바꾼 일상!
재택근무를 하며 피어난
시스템 엔지니어와 고고학 연구생의
소소한 일상과 따뜻한 사랑 이야기!
같이
즐겨 보세요!